사랑하는 것이
외로운 것보다 낫다

사랑하는 것이
외로운 것보다 낫다

초판 1쇄 발행 2024년 1월 25일

지은이 이은정
펴낸이 정성욱
펴낸곳 이정서재

편집 정성욱
마케팅 정민혁

출판신고 2022년 3월 29일 제 2022-000060호
주소 경기도 고양시 덕양구 무원로6번길 61 605호
전화 031)979-2530 ㅣ FAX 031)979-2531
이메일 jspoem2002@naver.com

ⓒ 이은정, 2024
ISBN 979-11-982024-7-5 (03810)

여러분의 소중한 원고를 기다립니다.
jspoem2002@naver.com

사랑하는 것이
외로운 것보다 낫다

이은정
지음

이정
서재

　　글을 제법 썼습니다. 소설은 소설대로 에세이는 에세이대로 사랑해주시는 분들이 계십니다. 그래서 또 책을 냅니다. 직업이니까요. 보잘 것 없는 인생에 가장 큰 결실이라면 쓰는 일을 업으로 갖게 되었다는 겁니다. 그것은 분명한 성과였지만, 유지하기 힘든 직업이기도 하더군요. 저는 여전히 헤매고 있습니다.

　　어떤 행사에서 누군가 물었습니다. 소설과 에세이의 분위기가 완전히 다른데, 노하우가 있느냐는 질문이었습니다. 저는 이렇게 대답했습니다. 소설을 쓸 때와 에세이를 쓸 때 전혀 다른 인격이 나온다고 말입니다. 쉽게 말해서 소설을 쓸 때는 피로 쓰는 기분이고 에세이를 쓸 때는 눈물로 쓰는 기분입니다. 그래서 다 쓴 후의 쾌감 역시 다릅니다.

　　이 책은 누구나 지나고 있거나 이미 지났을 법한 어느 한 시절, 소설가의 이야기입니다. 그 소설가는 언니가 먼저 죽어서 이제 죽어도 죽지 못하는 동생이자, 죽지 못할 바에 열심히 살자고 다짐했던 한심한 인간이자, 남은 삶을 글쓰기에 올인한 무모한 여자입니다.

당신에게 주고 싶은 마음을 담았습니다. 더러는 제가 받고 싶은 마음도 있습니다. 에세이 속에 있는 저는 무해하고 다정하다고 믿기 때문에 우리는 친구가 될 수 있을 거예요. 그저 툭, 아무 페이지나 펼쳐도 사람 냄새가 나면 좋겠습니다. 그게 에세이의 매력이라고 생각하니까요. 당신의 겨울이 너무 춥지 않기를 바랍니다.

2024년, 청룡의 봄을 기다리며
이은정

2장   울어야 할 이유

3장   내려놓는 마음

4장 다시 시작할 시간

1장

사랑해야 할 의무

사랑하지 않는 자, 모두 유죄

　　오래간만에 출장이 있어서 비행기를 예약했다. 좌석이 제법 비어 있어서 한산한 창가 자리로 예약할 수 있었다. 마침 컨디션이 좋지 않았다. 겨우 한 시간이지만, 비행하는 동안 쪽잠이라도 청할 생각이었다. 나는 자리에 앉자마자 눈을 감았다.

　　바로 앞 좌석에서 좌석 틈새로 대화 소리가 끊임없이 들렸다. 젊은 남자와 여자의 목소리였다. 인상이 찌푸려졌다. 조금만 더 시끄러워지면 경고할 생각으로 그들을 주시하고 있었다. 틈새로 보이는 그들은 이제 막 꽃 피는 연인 같았다. 머리를 맞대고 얼굴을 비비는가 싶더니 이윽고 남자가 여자의 볼에 뽀뽀하는 장면이 틈새로 목격됐다. 나는 있는 힘껏 눈을 감았다. 귀도 감을 수 있다면 얼마나 좋을까 생각하면서.

이륙하고 삼십 분쯤 흘렀을까. 창가 쪽에 앉은 여자가 잠이 들었는지 머리를 창에 쿵쿵 박고 있었다. 그때 남자가 자신의 패딩을 벗어 창쪽 의자 사이로 집어넣는 걸 보았다. 여자는 잠시 깨어나는가 싶더니, 푹신한 패딩을 베개 삼아 더 편하게 잠든 것 같았다. 나는 다시 눈을 감았다. 시끄러운 것보다 더 참기 힘든 질투와 부러움에 휩싸였다. 잠을 잘 수가 없었다.

은밀하지 않은 사랑은 위험하다. 당당한 애정 표현과 과한 배려는 지켜보는 싱글들의 원한을 살 수 있기 때문이다. 밀회나 불륜이 해피엔딩이 되기 힘든 이유가 바로 처음부터 끝까지 은밀하기 때문이다. 사랑이 어디 장소 따위 가려가면서 샘솟는단 말인가. 언제 어디서나 자신도 모르게 재채기처럼 터지는 것이 사랑인데, 체면이나 자존심을 생각할 겨를도 없이 사랑이 터져 넘치겠는데, 시기와 비난이 온몸에 박힌다 한들 무엇이 겁날까.

착륙한다는 안내 방송이 나오자 여자가 깨어나 패딩을 정리했다. 남자는 패딩을 건네받으며 헝클어진 여자의 머리카락을 정리해주었다. 뭐 저렇게까지 하나. 손발이 오그라들었다.

온 우주의 기운이 한 사람을 향한 듯한 그런 마음으로 당

당하게 사랑을 표현하던 그들 덕분에 잠을 한숨도 자지 못했고 잠깐 속이 부글부글하기도 했지만, 그날은 내내 기분이 좋았다. 은밀하지 않은 사랑은 주위까지 환하게 만드는 힘이 있다. 사랑은 가장 무서운 바이러스다. 비행기에서 내리면서 노희경 작가의 책 제목이 떠올랐다. '지금 사랑하지 않는 자, 모두 유죄'

당신은 유죄인가 무죄인가?

모든 시절의 당신께

어린아이가 킥보드를 타고 있다. 엄마와 아빠는 두꺼운 패딩을 입고 몸을 움츠린 채 아이를 주시한다. 킥보드가 조금만 휘청거려도 움찔하는 부모의 마음은 모르고 아이는 그저 하얀 세상을 만끽한다. 결국 아이가 미끄러졌다. 놀란 엄마가 달려간다. 아이는 엄마가 도착하기도 전에 스스로 일어나 다시 킥보드에 오른다. 넘어지는 것 따위 두렵지 않다는 듯.

편의점에서 아이스크림을 고르는 젊은 남자가 있다. 엄동설한에 아이스크림이 필요했던 젊은 남자는 계산을 마치자마자 비상등이 켜진 차로 달려간다. 보조석에는 젊은 여자가 앉아있다. 남자는 여자에게 아이스크림을 건넨다. 청춘의 열기로 가득한 차가 달리기 시작한다. 겨울에도 아이스크림이 필요한 시절은 훗날의 그리움.

노부부가 빙판길을 아슬아슬 걸어간다. 장갑을 낀 손을 맞잡고 균형을 맞춘다. 서로를 지켜주는 악력, 배려하는 속도와 보폭이 느껴진다. 누가 더 많은 마음을 쓰고 있는지는 모르겠다. 수없이 넘어졌을 두 사람의 다리를 바라본다. 아이스크림이 필요했던 청춘을 달려왔을 것이다. 두 사람은 어느 시절보다 느리지만, 어느 시절보다 눈부시다.

삶이 얼마나 경이로운지 종종 잊고 살아간다. 수없이 넘어지고 일어서느라, 뜨거운 감정들을 돌파하느라, 눈앞의 순간이 소중하다는 것을 잊어버릴 때가 많다. 어린아이는 넘어지는 게 두렵지 않고 노인은 넘어지지 않는 방법을 안다. 그 사이에 긴 수많은 시절이 찬란하지 않은 때가 없음을 얘기하고 싶다.

도서관에서 진행한 에세이 강의를 마치고 출간 파티가 있던 날이었다. 수강생들을 비롯한 그들의 가족이 모였다. 주로 자녀들이었다. 성인이 된 자녀도 있었고, 사춘기의 아이들도 있었고, 두 살배기 아기도 있었다. 심지어 뱃속의 태아까지 함께했다. 그날은 내가 주인공이 아니었는데도 행사를 하는 내내 많이 울었다. 생애 모든 시절의 사람들이 한곳에 있었기 때문이었다. 나는 그런 순간에 눈물이 넘치는 사람이다.

행간마다 지나온 시절이 쏟아지는 계절, 춥고 시리고 가련한 겨울에는 자신에게 관대해져야 한다. 돌이킬 수 없는 실수들은 그저 보듬어주고, 아직 오지 않은 시절에는 용기를 갖자. 모든 시절의 당신을 사랑했으면 좋겠다.

세상에서 가장 맛있는 샌드위치

　　살 것도 없었는데 동네 편의점에 갔다. 밤에만 아르바이트 하는 학생에게 샌드위치를 주고 싶어서였다. 이제 스무 살이 됐다는 앳된 청년은 돈 버는 게 처음이라고 했다. 포인트를 적립해 달라고 했더니 하는 법을 몰라 실수를 연발했다. 청년은 배워서 꼭 해드리겠다며 내 번호를 메모했다. 그 메모지를 계산대 앞에 붙여놓고 매번 알아서 적립해주었다. 청년은 늘 친절했고 명랑했고 사소한 것에도 열심이었다. 단골이 볼 때, 기특하고 예쁜 친구가 아니겠는가.

　　"샌드위치를 주고 싶어서 일부러 왔어요."

　　나는 포장된 수제 샌드위치 하나를 내밀며 청년에게 말했다. 샌드위치를 받아든 그의 입꼬리가 정수리에 붙는다. 고맙다는 말을 연신 내뱉는 청년은 잠깐 행복해 보였다. 그의 표정 때문에 나도 덩달아 기분이 좋아졌다. 아무리 좋은 걸 건네도 받는 사람이 별로 좋아하지 않으면 선한 의도는 짓밟히고 마는 법이다. 좋아해 주는 표정이나 고마워하는 말투에서 사람은 착하게 살고 싶은 의지 같은 게 생긴다. 그것은 또 다른 선한 의도를 불러일으킨다. 마음은 유행처럼 돌고 도는 것이다.

"포인트 적립 꼬박꼬박하고 있습니다!"

편의점을 나가려고 돌아서는 내게 청년이 큰 소리로 말했다. 구김살은 없고 넉살은 넘치는 청년이었다. 그는 내가 자신을 왜 예뻐하는지 알고 있는 것 같았다. 나는 고맙다는 말과 흐뭇한 표정을 전해주었다.

나도 스무 살에 아르바이트를 시작했었다. 그때 일했던 곳에 어른다운 어른이 있었거나 내게 좋은 마음을 베푸는 사람이 있었더라면, 나는 조금 다른 사람이 되었을지도 모른다. 태어나 처음 일이란 걸 시작한 곳에서 막말을 듣기도 했고 월급도 떼였다. 사회생활이 뭔지 몰랐던 내 안에는 불신의 가시가 박혔다. 그때의 기억 때문인지, 어딜 가나 아르바이트생을 보면 마음이 쓰인다.

집으로 돌아와 내 몫의 샌드위치를 먹었다. 샌드위치에는 여러 가지 소스가 뿌려져 있었다. 그 위에 나누어 먹는 맛을 얹었다. 기분이 이상했다. 나는 원래 그런 사람이 아니었다. 주지 않아도 되는 마음을 일부러 찾아가서 부려놓는 오지랖은 없었다. 그게 뭐라고, 약간의 용기마저 필요했으니 낯선 자아를 보는 듯했다. 결과는 나쁘지 않았다. 그날 나는 세상에서 가장 맛있는 샌드위치를 먹었다고 기록했다.

오늘의 사랑을 미루지 말자

태풍이 한반도에 인접했을 때, 노트북을 가지고 카페에 갔다. 나는 집이 아니면 작업을 하지 못하는 예민한 사람이다. 더구나 그런 궂은 날에 무슨 바람이 불었는지 모르겠다. 일기 예보를 들었지만 서울에는 큰 영향이 없을 거라던 말을 믿었다. 카페에 도착했을 무렵에는 비가 제법 거세게 내리고 있었다. 노트북을 열고 해야 할 업무들을 처리하며 거센 빗소리를 들었다. 시야가 흐려질 정도로 비가 쏟아졌다.

비와 눈, 물과 불은 사람의 의식을 붙들 때가 있다. 흔히 불멍, 물멍이라고 일컫는 때다. 하던 일을 놓고 한참 동안 빗방울을 주시하며 물멍에 취해 있는데, 지나가던 커플이 눈에 들어왔다. 그들은 빨간 우산 하나를 나눠 쓰며 걷는 중이었다. 접이식 우산인 데다 비가 억수 같이 내리고 있었기에 두 사람 모두 몸의 반쪽이 젖어 있었다.

흐뭇하게 바라보다가 웃음이 터져버렸다. 두 사람이 우산을 자신 쪽으로 더 가까이 가져가기 위해 몸싸움을 시작했기 때문이다. 진짜 싸움이 아니라 피식피식 웃으며 우산 아래를 쟁취하기 위해 투덕거렸다. 남자의 힘에 여자가 우산 밖으로 튕겨 나가자 남자가 얼른 달려가 우산을 씌워 주었다. 여자는 기회를 놓치지 않고 다시 우산을 빼앗았다. 두 사람은 그 시절에만 할 수 있는 사랑을 열심히 하고 있었다. 요란한 빗방울이 예쁜 사랑과 함께 흘렀다.

그들이 지나가고 난 후 일이 손에 잡히지 않았다. 부러움인가 허망함인가. 부러움이라면 다행인데, 허망함이라면 슬픈 일이었다. 인생의 맛을 다 아는 듯한 기분을 느낀다는 게 유쾌한 일은 아니다. 차라리 부럽기만 하자.

다 젖어도 좋으니 우산을 쟁취하기 위해 싸울 수 있는 상대가 있었으면 좋겠다고, 배려만 하다가 오해로 끝나는 사랑 말고 오늘이 마지막인 것처럼 사랑을 즐길 수 있는 때가 다시 왔으면 좋겠다고, 아, 부럽다고.

한 부부가 선물세트를 들고 카페 안으로 들어온다. 커피를 여러 개 주문하는 걸 보니 어느 집에 초대 받은 모양이다. 사랑하는 사람들이 재회하는 장소에는 늘 수다와 음료가 필요하지. 의복의 색깔로 보아 재회할 수 없는 사람을 그리워하기 위한 장소에 가는지도 모르겠다. 커피 속에 눈물과 추억을 담아.

지나간 것은 지나간 대로 퇴색된 아름다움이 있고, 오지 않은 것들은 만나지 못한 설렘이 있다. 현재는 어떤가. 아무도 모른다. 현재 우리 앞에 있는 사람에게 매일 감격하는 일이 우선이다. 싸우며 사랑하는 것이 싸우지 않고 외로운 것보다 낫지 않을까. 오늘의 사랑을 내일로 미루는 건 태풍 속에 놓친 우산과 같을지도 모른다.

저기, 빨간 우산이 뒤집어지고 있다. 두 사람이 깔깔 웃는다.

그런 마음이 단골을 만든다

　지하철역 입구에 어묵과 떡볶이를 파는 포장마차가 있다. 주인아주머니는 늦은 밤 대형견을 데리고 산책하는 나를 웃으며 바라본다. 눈인사가 반복되면서 제법 친근해졌다. 아주머니가 개를 좋아하는 것 같아서 은근슬쩍 다가가 삶은 달걀 네 개를 샀다. 계산하는 동안 얌전히 앉아있는 장군이를 칭찬하신다. 아주머니는 순대가 데워지고 있는 프라이팬으로 손을 옮긴다. 간을 좀 줘도 되겠냐고 묻는다. 그럼요!

　건널목에서 신호를 기다린다. 파란불을 기다리는 동안 장군이는 내 옆에 바짝 붙어 앉아있다. 지하철에서 하차하고 모여든 사람들이 장군이를 쳐다본다. 신기해하는 눈빛, 예뻐하는 눈빛, 경계하는 눈빛들이 엉킨다. 대체로 좋은 얼굴들이다.

건널목에 앉아서 대기하는 개는 위협적이지 않다. 게다가 꼬리까지 마구 흔들고 있다. 그러나 누군가 싫어할까 봐 내 마음은 불안하다.

파란불이다. 길을 건너면 또 다른 포장마차가 있다. 핫도그와 꼬치 등을 판다. 주인아저씨는 우리가 지나갈 때마다 반가워 한다. 나는 핫도그 하나를 산다. 핫도그 겉을 핥아 밀가루는 내가 먹고 속에 있는 소시지는 장군이에게 준다. 아저씨는 제일 중요한 부위를 개에게 준다고, 복 받은 개라고 하신다. 아저씨가 내게 작은 꼬치 하나를 건넨다. 이거 드세요, 서비스!

도시에서 대형견과 산책하면서 상처를 많이 받았다. 우리에게 이유 없이 시비를 걸었고 싸움이 일어났고 구경꾼들이 모였다. 나는 움츠러들지 않았다. 무례한 사람들을 씩씩하게 무찌르고 산책하러 다녔다. 스트레스를 받더라도 동네 사람들에게 우리를 자주 노출해야 했다. 장군이는 착하고 순한 개라는 걸, 나는 청결한 견주라는 걸 인지시켜야 했다. 그게 참 힘들었다.

밤에 일정이 있는 날에는 낮에 산책하러 나간다. 낮에는 주로 집 근처 카페에 들른다. 밖에 서서 커피를 테이크아웃한다. 카페 주인은 장군이를 안다. 손님이 없으면 장군이와 안으로 들어오라고 한다. 함께 들어와 몸 좀 녹이라고. 그런 마음이 단골을 만든다. 무례한 사람은 인연이 잡되고 따뜻한 사람은 좋은 인연을 쌓는다. 서로가 함께 다정해야 만날 수 있는 게 좋은 인연이다.

내게는 세 군데의 단골 가게가 있다.

다정함이 재테크

영화 기획에 관한 강좌가 있어서 냉큼 수강 신청했다. 초저녁, 강의를 듣기 위해 차를 몰고 나섰다. 주차장이 협소하니 대중교통을 이용하라는 주의사항을 숙지하고 있었지만 어쩔 수 없었다. 여러 번 환승해야 하는 대중교통을 이용하기에는 시간이 허락하지 않았다. 비까지 내리고 있어서 번거롭기도 했다. 건물 주차장이 만차라도 내 작은 차 한 대 주차할 곳 없을까 싶었다.

생각했던 것보다 일찍 도착한 주차장은 협소하긴 했으나 빈자리가 있었다. 후진해서 주차하니 관리 아저씨가 쳐다보고 있었다. 아저씨를 향해 발랄하게 달려가서 "안녕하세요!" 하고 큰 소리로 인사했다. 무표정했던 아저씨의 얼굴이 환하게 바뀌더니 기분 좋은 대답이 왔다.

　"어서 오세요. 웃으며 달려오니 너무 좋네요."

　편의점에 커피를 사러 갔다가 아저씨 것까지 사다 드렸다. 아저씨는 연신 웃으며 내게 대화를 건넸다.

　세 시간의 수업을 마치고 다시 주차장으로 내려왔다. 비가 많이 내리고 있었다. 주차권을 건네자 요금이 책정되었다. 14,000원이었다. 할인되는 건 없느냐고 물었더니 그런 건 없다고 했다. 심지어 카드 결제도 안 되고 현금만 가능하다고 했다. 지갑을 뒤졌다. 다행히 만 원짜리, 오천 원짜리 지폐가 있었다. 아저씨께 두 장을 건네고 거스름돈을 기다리는데, 아저씨는 내가 건넨 오천 원을 다시 내게 돌려주며 말했다.

　"이건 처음 받아 본 커피값입니다."

　천 원짜리 커피가 몇 배로 불어나 돌아왔다. 세상 어떤 재테크가 이보다 빠르고 수익률이 높단 말인가. 차 안에서 남은 커피를 마저 마시며 오천 원짜리 지폐를 물끄러미 쳐다보았다. 미소와 다정함이 가져온 수익이라고 생각했다. 투자 대비 가장 훌륭한 수익이었다.

　사람을 대면할 때마다 먼저 웃는 게 습관이 된 이유는 안

면마비를 겪었기 때문이다. 그때는 물론 사람을 만나지도 않았지만, 완쾌 후에도 혹시나 안면이 틀어질까 봐 걱정이었다. 웃고 있을 때는 얼굴 근육을 다 쓰기 때문에 아무런 티가 나지 않았다. 그래서 계속 웃기 시작했는데, 솔직히 거의 진심은 아니었다. 그런 순간이 피곤하고 짜증날 때도 많았다. 웃음이 가면처럼 느껴지기도 했다. 삶이 고단하면 가면도 쓸 수 없는 게 사람이기도 하니까 그럴 때면 동굴 속에 나를 가뒀다. 웃지 못하면 사람을 만날 수 없었다.

나는 앞으로도 열심히 미소를 뒤집어쓸 생각이다. 가면 뒤에 가려진 쓸쓸함을 들키고 싶지 않다. 웃는 얼굴이 가져오는 영향을 간파하기도 했다. 돌려 받은 지폐처럼 꽤 좋은 영향이다. 나도 사람인데 설마 매번 가면이기만 하겠는가. 때로는 진심일 테고 자꾸 하다 보면 진짜 내 얼굴이 될지도 모를 일이니, 일단 웃고 보자.

내가 받은 따뜻한 이름들

　　나는 몇 년 동안 독자의 후원을 받았다. 내 삶을 응원하거나 내 글을 좋아해주는 독자들이 소정의 후원금을 보내주셨다. 강요나 부담을 주지 않는 자발적인 후원이었다. 정기적이지 않았고 금액 또한 다양했지만 나를 향한 마음은 비슷할 것이었다. 사랑, 이라고 쓸 수밖에.

　　가끔 입금 알람을 듣고 문자를 확인하면 후원금과 함께 이상한 이름이 쓰여 있었다. 누군가는 3만 원을 보내면서 보내는 사람 이름 칸에 '꽃사세요'라고 쓰고, 누군가는 5만 원을 보내면서 '고기드세요'라고 썼다. 매달 같은 날짜에 '화이팅'이라는 이름으로 만 원이 입금되기도 했고, 명절에는 보너스라는 이름으로 10만 원을 보내기도 했다.

후원금 통장에 입금된 이름 전부를 한 번에 읽을 때가 있는데, 심장이 터질 것 같은 삶의 의지가 생기는 걸 느꼈다. 살아야겠다, 계속 작가로 살아야겠다, 두 주먹을 불끈 쥐며.

언젠가 어금니를 발치한 후에 임플란트를 해야 하는데 비용이 생각보다 많이 들었다. 내가 돈 걱정하는 걸 알게 된 누군가가 치과 비용을 보태고 싶다는 마음을 전했다. 내가 망설이자 그녀가 말했다.

"저도 아주 어려웠던 시절이 있었어요. 그때 많은 사람에게 도움을 받았습니다. 이렇게 갚는 거예요. 작가님도 나중에 잘되면 그렇게 갚으세요."

나는 훌쩍이면서 그분께 계좌번호를 보내드렸다.

이 은혜들을 어떻게 갚을까 걱정이 태산이면서도 오기가 생겼다. 잘 살고 싶다. 성공하고 싶다. 그래서 밥 못 먹는 사람들, 앞이 막막한 무명작가들, 위로와 사랑이 필요한 사람들에게 내가 받은 것들을 되돌려 주고 싶다. 돈이 전부가 아니라고 말하는 사람도 있겠지만, 당장 돈으로 살릴 수 있는 사람들이 있다. 조금만 도와주면 일어설 수 있는 사람들이 수두룩하다는 걸 알고 있다.

따뜻한 마음은 돌고 돌아야 세상이 따뜻해지지 않을까. 이 세상은 조금 더 따뜻해질 필요가 있다. 많이 따뜻해지면 더 좋겠지. 타인의 작은 도움으로 다시 일어선 사람들은 좋은 사람으로 살면서 따뜻한 세상에 일조하고 싶어진다. 그렇게 좋은 사람들이 번지는 것이다. 누구에게나 인생에 웃풍이 들 수 있다. 도움의 손길, 타인의 온기가 절실해지는 시기가 있기 마련이다. 위기에 처한 사람들은 사실 쉽게 발각된다. 조금만 주위를 둘러보자.

　　어느 추운 겨울날이었다. 내게 발각된 안타까운 사람이 있었다. 나는 그 사람의 통장에 푼돈을 넣으면서 보내는 이름으로 이렇게 썼다.

　　'내복사세요.'

　　언젠가 내가 받았던 따뜻한 이름 중 하나였다.

자꾸 말을 걸고 싶었다

필요한 자료가 있어서 점심을 먹고 도서관으로 향했다. 어느새 날씨가 더워진 것도 모르고 있었다. 도보로 먼 거리는 아니었는데, 오르막길이라 목덜미에서 땀이 흘렀다. 갈림길이 나왔다. 이정표는 없었다. 지나가던 아주머니께 도서관을 찾는다고 말했다. 아주머니의 친절한 안내에 따라 왼쪽 길로 들어섰다.

맞은편에서 할머니가 걸어왔다. 손에는 얇은 책 한 권이 들려 있었다. 나는 할머니에게 다가가 또 길을 물었다. 도서관이 어디예요? 할머니는 책을 겨드랑이에 끼우더니, 양손을 허공에 펄럭이며 설명했다. 나는 그 적극적인 다정함이 좋아서 설명은 귓전으로 듣고 할머니의 얼굴만 쳐다보았다.

도서관에 거의 다다랐을 즈음, 또 길을 물었다. 이번에는 경쾌하게 지나가던 학생들이었다. 여기 도서관이 어디예요? 학생들의 목소리가 엉켰다. 바로 코앞이에요! 저기 코너만 돌면 돼요! 그중 한 명이 손가락으로 가리키는 곳을 쳐다보았더니, 도서관 간판이 보였다.

사실, 휴대폰으로 지도를 펼쳐 놓고 있었다. 굳이 낯선 사람들에게 물어볼 필요가 없었다. 요즘 세상에 당연하지 않은가. 그런데 가끔 실없이 말을 걸고 싶을 때가 있다. 누군가 친절하고 다정하게 대답해 주면 자꾸 말을 걸고 싶다. 아는 것도 다시 묻고 싶고 혼자 알 수 있는 것도 물어서 알고 싶어진다. 세상에는 다정한 사람들이 더 많다는 사실을 인정하게 되는 그런 날.

사람은 피하고 말은 삼가는 게 좋다고 생각했던 시절이 있었다. 불화나 오해는 물론이고 공감과 이해에 들이는 마음마저 힘들었다. 먼저 말을 건네는 데에 용기가 필요했던 시절, 용기를 파는 가게가 있다면 할부를 해서라도 사고 싶었다. 나이가 들면서 없던 힘이 생기는 걸 보면, 인생은 나이로 갖은 비용을 계산하는 것 같다. 선불로 낼 수 없는 것이다.

책 몇 권과 함께 도서관을 빠져나오면서 두리번거렸다. 이번에는 누구한테 길을 물어볼까? 생각하다가, 우리 집이 어디예요? 라고 묻는 객쩍은 상상을 했다. 우리 집이 어디냐고 물으면 사람들은 어떻게 반응할까? 차마 그 질문은 하지 못했다. 대신, 웃음이 땀처럼 줄줄 흘러내렸다.

손편지는 사랑을 싣고

　낡은 책장 맨 아래 칸에는 보물들이 있다. 초등학교 입학 전에 받은 것부터 버림도 훼손도 없이 보관 중이다. 나쁜 마음을 먹을 만큼 생이 흔들리거나 비걱댈 때마다 꺼내 보았던 편지들. 수십 년 동안 내게 온 손편지를 읽으면 가차 없이 눈시울이 뜨거워진다. 여러 마음이 저마다의 문장으로 꾹꾹 담겨 있는데, 모두 그 시절의 이은정에게 향한 마음이었다.

　중학교 때는 국어 선생님과 손편지를 주고받았다. 어쩌면 중학교 때부터 나는 문학적인 사람이 되고 싶었을까. 매일 아침 선생님 책상 위에 편지를 올려놓으면 답장이 몰래 도착했다. 은밀하고도 유일한 마음의 교류였다. 내가 작가가 되었다는 걸 아시면 참 좋아하실 텐데, 찾아뵐 용기를 못 내고 있다.

가난하고 무명인 것이 자격지심은 아니지만, 아직 때가 아니라는 변명으로 작용한다.

보관 중인 편지를 살펴보니 러브레터가 단연 많다. 개발새발로 눌러 쓴 풋풋한 사랑의 전서. '사랑하는 은정이에게'로 시작하다가 '사랑해'로 끝나는 편지. 손발을 오징어가 되게 만드는 얼레리 꼴레리 문장들. 맞춤법 따위는 다 파괴한 구애.

그토록 나를 사랑했던 사내들은 어디서 무얼 하며 살고 있을까. 지금의 아내에게 사랑한다는 단어를 남발하여 가정을 이루었을까. 이제는 모두 아저씨가 되었을 과거의 내 사랑들에 안부를 전한다.

우리 언니는 한집에 살면서도 자주 편지를 보냈다. 잘못한 일이 있어도 섭섭한 일이 있어도 편지를 써줬다. '사랑하는 내 동생에게'로 시작하는 편지는 인생이 조각날 때마다 힘이 되어주었다. 말이었으면 잊었을지도 모르는데, 고맙게도 손편지를 주어서 남다른 유산이 생겼다.

엄마를 잃고, 갈수록 잊어가는 어린 조카들을 위해 언니의 필체를 내가 잘 보관하고 있다. 너희들 엄마가 이렇게 따뜻한 사람이었다고. 잊지 말라고. 조카들이 성인이 되면 선물하려

고 한다.

　손편지에만 담을 수 있는 것들이 있다. 메일이나 문자는 하지 못 하는 일을 손편지는 한다. 당신의 진심, 당신의 사랑이 글자와 행간 모두에 새겨져 누군가에게는 평생 버릴 수 없는 소중한 보물이 될지도 모른다. 아직 하지 못한 말들이 있다면 손으로 써보자.

시선을 뉘어 다정하게

소설 쓰시는 선생님께서 해바라기를 한아름 선물하셨다. 축하할 일이 있을 때 주고받는 꽃다발치고는 특이했다. 하늘을 향해, 태양을 향해 솟는 해바라기는 선물한 사람의 특별한 의미가 있었다.

집으로 돌아와 화병을 찾았다. 해바라기가 너무 커서 화병에 들어가지 않았다. 넣을 만한 물건을 찾다가 가만히 해바라기를 바라보았다. 문득, 그동안 힘들었겠다는 생각이 들었다. 방안 레코드 선반 위에 꽃다발을 뉘어놓았다.

솟아오르려고 애쓰지 않아도 돼. 꼭 정상에 도달해야 하는 건 아니야. 위만 보고 살았으니 이제 옆을 보면서 살아.

혼잣말하며 떨어진 꽃잎을 줍다가 밑도 끝도 없이 떨어진 눈물도 함께 주웠다. 나도 어지간히 애쓰며 살았던 것이다. 오르려고, 더 높이 더 빨리 오르려고 아등바등 견뎌낸 날들이 떠올랐다. 그 자리에 주저앉아 해바라기를 쳐다보았다. 세워두었으면 마주치지 않았을 우리의 시선이 같은 현에 있었다. 나는 다시 중얼거렸다.

'이제는 옆을, 옆을 보고 살아야지.'

제대로 걷기 위해 사람은 앞을 본다. 가슴이 답답하면 고개를 들어 위를 보기도 한다. 그러다가 눈물이 차면 시선을 아래로 떨구며 살아간다. 겨우 그렇게만 살아도 힘들고 때론 한심하게 느껴질 때가 있기 마련이다. 옆을 보아야 나란한 것들이 보이고 차마 앞서지 못했던 소심한 시선이 느껴진다. 그러나 누군가에게는 고개 한 번 돌리는 일이 너무나 힘든 것이어서 함부로 옆을 보고 살라는 말을 할 수는 없다. 앞만 보고 부지런히 달려도 겨우 부지할 수 있는 삶, 그 삶이 주는 애로를 안다면 무슨 말을 할 수 있을까. 해바라기를 선물하면서 쭉쭉 뻗어 나가라던 그녀의 마음을 조금 더 깊이 의미해본다.

이렇게 큰 꽃을 꽂을 만한 물건이 없다면, 뉘어라. 아름다운 것은 뉘어놓아도 아름답다. 어쩌면 우리에게는 나란히 누워 바라볼 대상이 필요할지도 몰라.

유난히 큰 해바라기는 시들어가는 과정마저 선명하다. 점점 시들면서 커다란 꽃잎이 젖어가고 있었으나 시선은 여전히 아름답고 처연하다. 옆을 보고 살았다면 얼마나 많은 초로草露를 만났을 것인가.

아름다운 장면이 아니어도 좋다. 훗날 멍이 될 기억일지라도, 보지 못해서 아쉬운 마음보다 보아서 다행이라고 생각했던 경우가 더 많았던 것 같다. 그러니 이제라도 열심히 보아야겠다. 시선을 뉘어 다정하게, 옆을. 그 옆에 당신이 있었으면 좋겠다.

다시 노래하고 싶다

그해 겨울밤 홀로 거리를 걸었다. 남자 친구와 싸우고 시작된 걸음이었다. 버스는 끊겼고 택시도 잡히지 않아 가로수 옆 보행로를 하염없이 걸었다. 날은 추웠지만 하늘엔 별이 총총했고 마음은 허했지만 젊음이 있었다. 희뿌연 입김과 함께 흘러나온 동요가 길동무 되어 몇 곡을 흥얼거리며 걸었다.

혼자라고 생각했다. 뒤에서 남자 친구가 따라오고 있었다는 사실은 나중에 알았다. 그는 이따금 그날의 나를 회상하곤 했다. 밤거리를 혼자 걷는 여대생의 등에서 동요가 재생될 줄은 예상치 못했다고, 그때 너는 참 사랑스러웠다고. 그랬던 젊은 여자는 힙합에 빠져 머리를 흔들던 시절을 거쳐 트로트를 부르며 회한을 삼키는 중년이 되었다.

겨울 밤거리를 걷다가 그 기억이 떠올라 혀끝에 동요를 물어보았다. 가사가 당최 생각나지 않았고 인위적인 흥얼거림은 곧 부끄러움을 불러왔다. 동요를 부른다고 순수해질까, 트로트를 부른다고 노화가 빨리 올까. 무엇이든 자연스러운 게 좋지. 추억을 삼키며 걷다가 칼바람을 이기지 못해 집으로 돌아왔다. 뼈를 파고드는 추위 앞에서 추억이고 낭만이고 달아나 버리는 나이가 되었다.

뜨끈한 방바닥에 엉덩이를 붙이고 손바닥을 뒤집으며 몸을 녹이고 있는데 어디에선가 노랫소리가 들려왔다. 마이크 볼륨을 얼마나 높이고 부르는지, 겨울밤 낡은 벽돌을 뚫고 들려오는 노랫소리는 제법 선명했다. 노래를 잘 부르는 것도 아니었는데 왠지 싫지 않았다.

누군가는 저렇게 겨울밤의 추억을 만들고 있구나. 한데, 음치에다 박치구나!

어느 시절마다 우린 참 많은 노래를 불렀고 많은 길을 걸었다. 그것이 추억이기도 하고 상처이기도 하겠지만, 어느 쪽이든 좋은 방향으로 미화될 기억의 한 줌일 것이다. 나는 더 많은 사람이 노래했으면 좋겠다. 노래를 찾고 길을 찾고 사랑을 찾게 되기를 바란다. 이왕이면 누군가가 당신의 노래를 들어준다면 좋겠고, 사랑하는 사람과 손잡고 걷는 길이었으면 좋겠다.

나도 언젠가 다시 노래하고 싶다. 그때도 뒤에서 가만히 들어주는 사람이 있을지는 모르겠다. 그 모습을 사랑스럽다고 말해줄 사람이 이젠 없을 수도 있다. 그래도 괜찮다. 지금은 내가 내 노래를 들어줄 여유가 생겼으니까.

누군가 당신 앞에서 노래한다면 음정, 박자 다 놓쳐도 기꺼이 손뼉 치며 응원해주자. 조금 부족하고 엉성해도 우리, 서로 응원해주며 살자.

열린 마음에서 움트는 일

　절대적 고독이 신년 계획이었던 때가 있었다. 새해에는 더 외롭게 살아야겠다는 한심한 다짐을 했던 이유는 그것만이 나를 보호할 수 있는 무기라고 생각했기 때문이다. 지금 생각하면 한심하고 안타까운데, 매 시절마다 어쩔 수 없는 이유들이 있기 마련이다. 그때의 나를 두고 홀로이스트라 말했다. 그런 단어는 없다. 워낙 혼자 있는 걸 좋아하는 내게 누군가 붙인 농담이었다.

　올해는 예년과 달랐다. 많은 사람을 만나고 그중 좋은 사람과 관계를 맺어 선한 영향을 주고받고 싶었다. 더는 사람을 두려워하지도 밀어내지도 않으며 관계에서 오는 스트레스를 슬기롭게 극복하는 사람이 되고 싶었다. 도망만 다니기엔 아직 살아야 할 시간이 태산이었다.

나는 어르신들과 수다를 떨면서도 "우리는 친구잖아요."라는 말을 곧잘 하곤 했는데, 그 말을 싫어하는 노인은 아무도 없었다. 나이, 성별, 국적, 외모, 아무것도 따지지 않는 친구. 시시한 농담을 주고받다가도 어느새 함께 울고 있는 친구. 사람만 좋으면 오케이였다. 그렇게 마음의 문을 열고 새해를 맞았더니 친구가 둘이나 생겼다.

나보다 열 몇 살 어린 친구와 대화하다가 언니의 죽음에 관한 질문을 받았다. 나는 잃어버린 언니의 이야기를 솔직하게 말하면서 조금 슬펐고 그래서 울었다. 다운된 분위기를 전환해야겠다고 생각하던 와중, 친구의 눈가에 붉은 꽃이 피어나는 걸 보았다. 아, 이 어린 친구가 내 슬픔에 공감하고 있구나. 친구의 붉어진 눈가는 무엇보다 훌륭한, 새해 첫 위로였다.

다른 친구는 백발이다. 친구는 반신이 불편하여 지팡이를 짚고 산책하는데, 박학다식해서 대화가 즐거웠다. 귤 하나를 건넸더니 얼굴 전체를 뒤덮은 주름들이 일순간 사라졌다. 몸이 불편한 친구 대신 귤을 까고 있는 나를 보며 그가 물었다.

"아가씨는 몇 살이고?"

나는 버럭 화를 내며 말했다.

"피차 나이는 묻지 맙시다."

친구는 한참 동안 소리 내어 웃었다. 그릉그릉 가래 끓는 소리가 났다.

사귐은 참 설레는 일이다. 나이나 겉모습은 하등 상관없다. 멀리 있는 가족보다, 연락 없는 오랜 친구나 무심한 애인보다 언제든 볼 수 있는 동네 친구가 제일이다. 그동안 좋은 친구를 사귀지 못했던 것은 고독 따위를 계획이랍시고 열심히 실행해 온 때문. 관계의 시작은 열린 마음에서 움트는 일이었다. 조금 더 마음을 열어보려고 한다. 백 살쯤된 친구가 생겼으면 좋겠다.

새벽에 이사하던 커플

반려견과 새벽 산책을 마치고 귀가 중이었다. 집 앞에 못 보던 SUV 차량이 주차되어 있었고 한 남자가 트렁크에서 짐을 내리고 있었다. 나는 그가 일을 마칠 때까지 기다릴 요량이었다. 그 차를 지나쳐야 건물 안으로 들어갈 수 있었는데, 남자가 개를 싫어할 수도 있기 때문이었다. 건너편에서 계속 지켜보다가 끝날 기미가 보이지 않아 슬금슬금 움직였다. 차에 가려져 보이지 않았던 여자도 함께 있었다. 가까이에서 보니 20대 초중반쯤 된 젊은 남녀였다.

눈인사를 꾸뻑하고는 반려견 목줄을 한쪽으로 바짝 당긴 채 조심해서 지나갔다. 그때 여자가 말했다.

"개 정말 이쁘다. 한번 만져보고 싶다."

개를 싫어하지 않는 것 같아서 마음이 놓인 나는 그녀 앞으로 갔다. 그녀는 무릎을 굽히고 앉아서 나의 반려견을 쓰다듬었다.

"와, 정말 순하네요."

그 사이, 나는 트렁크를 쳐다보았다. 주방 가전들이 가득 들어 있었다. 이사하는 거냐고 물었더니 여자가 해맑게 반지하를 가리키며 저기로 이사하는 중이라고 했다.

새벽 2시가 다 된 시각에 어린 남녀가 직접 이삿짐을 나르고 있는 모습을 베란다에서 내려다보았다. 부부인지 연인인지는 모르겠지만, 서로 무척 좋아하는 모양이었다. 사람들이 깰까 봐 조심조심 움직이면서도 목소리를 낮춰 키득거리는 두 사람의 모습이 어둠 속에서도 행복해 보였다.

다음날, 청소하다가 웃음소리가 들려서 밖을 내다보았다. 새벽에 보았던 커플이었다. 멋지게 차려입고 나선 걸 보니 이사한 집에서 첫 나들이를 하는 모양이다. 차에 타기 전까지 두 사람의 웃음소리가 끊이지 않았다. 괜스레 내 입가에도 미소가 번졌다. 나는 청소기를 돌리며 소음에 묻힐 혼잣말을 했다.

'마침 날씨도 좋아서 기분 좋은 데이트를 하겠구나. 봄이

가기 전에 봄을 배불리 먹고 오겠구나.'

이사하는 곳이 반지하면 어떻고 이사하는 시간이 새벽이면 어떤가. 끊임없이 서로를 웃게 만드는 사람끼리 살 수 있다면 무엇이 문제일까. 그들이 이사한 집을 지나갈 때마다 눈길이 간다. 어느 집보다 환하고 행복할 그들의 집 앞에 생의 봄이 후두두 떨어져 있었다.

사람만이 희망이라고 여기면

　유난히 컨디션이 나쁜 날에도 어김없이 반려견과 산책하러 나간다. 한 걸음도 움직이기 싫은 날일수록 산책을 끝낸 뒷맛이 좋다는 걸 알기 때문이다. 나중에 올 쾌감을 미리 당겨보는 건 무기력증에 빠져 허우적대는 마음을 달래는데 도움이 된다.

　봄보다 가을을 좋아하는 이유는 봄 뒤에 올 여름보다, 가을 뒤에 올 겨울이 기다려지기 때문이다. 허기진 배를 채우는 행위는 포식의 기쁨을 알기 때문일 것이다. 밥벌이의 고단함은 월급이 보상해주고 기다림의 끝은 만남으로 해소된다. 때론 아직 오지 않은 것들이 이미 와 있는 것들을 견디게 하는 힘이 된다. 그것을 우리는 희망이라 부르던가.

한때는 공부만이 희망이었고 한때는 사랑만이 희망이었다. 누군가는 돈이 희망일 것이고 또 누군가는 꿈이 희망일 것이다. 언젠가 나는 희망을 품지 않는 것만이 희망이라고 생각한 적이 있었다. 희망은 간절하면 할수록 사라지거나 순식간에 절망으로 바뀌기도 하는 요망한 것으로 생각했다. 그래서 희망을 품지 않으려고, 외면하려고 애쓴 것 같다.

사람만이 희망일지도 모른다는 생각을 하게 된 건 작가가 된 후였다. 삶에 필요한 마음을 결국 사람이 가져다준다는 걸 깨달았을 때, 반성과 후회의 시간이 왔다. 오랫동안 사람을 불신하고 외면하며 살았기 때문이다. 그 시간은 거만한 고독으로 가득했고 늘 절망 속에 머물렀다.

가난과 무명에 허덕이는 나를 도와주고 싶어 하는 사람이 늘어나면서 사람이 희망처럼 보이기 시작했다. 그때부터 삶이 절망스럽지만은 않았다. 절망 속에서도 희망의 싹이 트는 것을 보았다. 좋은 관계가 가져다 준 선물이었다.

사람이 온다. 얼굴에는 미소를 머금고 양손에는 관심과 사랑을 들고, 사람이 온다. 사람의 모습을 한 희망이 온다. 내겐 당신일 수도 있고 당신에겐 나일 수도 있다. 우리는 서로에게

희망이다. 아니라면 도대체 사람은 무엇이란 말인가.

다정한 안부, 걱정에 묻은 진심, 함께 고민해주는 미간들. 그런 것들이 희망의 모습을 한 사람이라고 믿는다. 사람만이 희망이라고 여기면 사람을 대하는 태도는 바뀌게 된다. 그렇게 바뀐 태도는 또 다른 희망이 된다. 당신도 나도 눈부신 희망일 수 있다.

어색한 모녀의 며칠

모든 모녀가 살갑지는 않다. 나는 엄마와 단둘이 밥 먹은 기억이 별로 없다. 스무 살 전까지는 가족이 한집에 살았으니 다함께 먹었고, 독립한 이후에는 엄마와 둘이서 밥 먹을 일이 없었다. 우리의 대화는 늘 언니나 동생이 껴야 이루어졌다. 아무튼, 나는 엄마와 둘이 뭔가를 하는 게 무척 어색하다. 어색한데, 자꾸 노력해야 한다는 강박감이 생긴다. 다녀간 지 일 년만에 엄마가 다시 우리 집에 왔다.

사흘 동안 엄마는 부엌에 있었다. 온갖 조리 도구를 다 꺼내어 굽고 볶고 끓여서 상을 차렸고 다 먹고 나면 고무장갑을 꼈다. 나는 고무장갑을 빼앗으며 제발 아무것도 하지 말라고 짜증을 내었다. 엄마는 시무룩한 표정으로 식탁에 앉았다. 정리를 끝내고 엄마 앞에 커피를 내밀며 말했다.

"다른 사람을 위해서 살지 말고, 엄마 자신을 위해서 살아."

엄마는 고개를 끄덕이며 받아들이는 것 같더니 이내, "그렇게 사는 걸 모르겠어."라고 했다.

나는 구체적으로 말해주었다. 첫째, 좋아하는 걸 배우러 다니시라. 둘째, 친구들을 만나시라. 셋째, 외모에 투자하시라. 노력하겠다고 말하는 엄마한테 덧붙였다.

"자기 인생을 즐기는 부모가 멋진 것 같아. 자식 생각만 하는 부모는 부담스럽지."

엄마는 내 말을 가만히 듣기만 했다. 뭔가 생각이 많아 보였다.

"우리 고스톱 칠까?"

계획된 질문이었다.

"좋지!"

나는 서랍에서 화투를 꺼내왔다. 엄마가 오기 전날에 편의점에서 사 온 것이다. 친구가 많았을 때 엄마는 집에서 고스톱을 치곤 했었다. 언니가 죽은 후로는 친구들을 만나지도 않았고 자연스럽게 고스톱을 치지도 않는 것 같았다.

첫판부터 계속 엄마가 이겼다.

"밑장 빼기 하면 손모가지 날아갑니다."

내 말에 엄마가 박장대소했다. 웃는 엄마가 좋았다. 200원 짜리 고스톱을 세 시간 동안 쳐서 나는 5만 원을 잃었다. 엄마랑 놀아주고 판돈을 잃어주는 게 목적이었지만, 나는 최선을 다해서 게임에 임했다. 진짜 실력으로 진 거였다.

엄마와 어색하게 마주앉아 밥을 먹었고, 커피나 술을 마시며 대화를 했고, 하지도 못하는 고스톱을 쳤다. 하루 한끼 먹는 내가 삼시 세끼 주는 대로 먹었다. 웃풍 있는 집이라 새벽마다 일어나 보일러를 틀었다. 부모 노릇도 힘들겠지만, 변변찮은 자식이 자식노릇하기도 쉽지는 않다.

엄마는 결국 5만 원을 놓고 갔다.

기적이라 부르는 인연

　　위기에 빠진 타인에게 도움을 주는 일은 아무나 할 수 없다. 의롭지 않거나 좋은 사람이 아니라서가 아니다. 선한 마음과 밝은 눈을 가지고 살더라도 세상에는 어떤 기회들이 늘 공평하지 않기 때문이다. 그것은 타인을 도울 기회도 마찬가지인 것 같다. 그런 일들은 여러 조건이 맞았을 때 일어난다. 바꿔 말하면, 내가 위급할 때 도움을 받을 기회 역시 하루 24시간의 시간처럼 당연히 주어지지는 않는다는 말이다. 그러니 누군가의 도움을 받았다면 기적이라 생각해도 되지 않을까.

　　길을 걷다가 심정지가 온 사람을 때마침 비번이었던 소방관이 지나가다가 발견하게 된다. 덕분에 그는 살았다. 놀이공원에서 엄마 손을 놓친 아이가 가족 나들이를 나온 사회복지

사의 눈에 띄었다. 아이는 부모를 찾았다. 도로를 달리던 트럭이 커브를 돌다가 수화물이 낙하하는 사고가 발생했다. 같은 도로를 달리던 차들이 하나둘 비상 깜빡이를 켜고 정지했다. 차량에서 내린 사람들이 힘을 모아 수화물을 정리했다.

때와 사람이 잘 만나면 인연이나 운명이 된다. 나는 그 소중한 찰나를 믿는 사람이다. 그래서 길을 다니거나 운전을 할 때면 사람들을 유심히 쳐다보곤 한다.

언젠가 지하철 계단에서 주저앉는 여성을 본 순간, 어쩌다가 달리던 자전거가 뒤집히는 걸 발견한 순간, 그리고 어느 겨울, 영하 8도의 날씨에 내복만 입고 거리에 나와 있는 아이를 본 순간, 그들과 나는 이 커다란 생에서 만난 것이다. 그렇게 만난 인연은 내 독자로 이어진다. 그들 가족까지 독자가 된다. 나는 그것을 기적이라 부른다.

내가 그들을 그냥 지나쳤다면 우리는 인연이 되지 못했을 것이다. 예전의 나라면 남의 일에 신경쓰지 않았을 텐데, 인생의 큰 고비들을 넘긴 후 많이 변했다. 감사하게도 손 내밀 줄 아는 사람이 되었다. 흔히 사람은 고쳐 쓰는 게 아니라고들 말하지만, 단정하지 말았으면 좋겠다. 나는 충분히 변할 수 있는 게 사람이라고 생각한다. 물론 그만한 계기가 있어야 한다.

　도움이 필요한 사람이 있다면 부디 내 앞에 나타나게 해달라고 빌었던 적이 있었다. 나는 너무 많은 죄를 지었으니, 그 값을 이번 생에 치르겠다는 다짐이었다. 나는 너무 많은 도움을 받았으니, 이번 생에 갚을 수 있기를 바라는 마음이기도 했다. 모두 진심이었다.

　내가 충분히 도울 수 있는 상황이라면 좋겠지만, 도와줄 능력이 부족하거나 과도한 용기가 필요한 상황이라도 도움이 필요한 사람을 아예 외면하지는 않았다. 적어도 비겁한 사람이 되고 싶지는 않았던 것 같다. 비겁한 대가로 안전하게 장수하는 인생이 몹시 수치스럽게 느껴졌던 때가 있었다. 지금은 그 중간쯤에 있는 것 같은데, 그래도 비겁한 쪽은 아니라고 믿는다.

　없던 마음을 가지면 보는 눈이 달라지는 것 같다. 좋은 마음에서 나오는 시선이 기적의 순간으로 안내할 것이라 믿는다.

붕어빵에서 우정 맛이

머리가 해끗 센 두 어르신이 공사장 앞에서 붕어빵을 팔고 있다. 한 사람은 붕어빵을 굽고 한 사람은 손님의 요구대로 포장한다. 기다리는 줄이 제법 길다. 병원 예약 시간이 한참 남은 나도 은근슬쩍 사람들 뒤에 선다. 붕어빵 냄새가 허기진 배를 유혹한다.

내 차례가 되어 가격표를 확인한다. 종류는 팥과 슈크림이 있고 가격은 두 개 천 원이다. 여느 붕어빵 가게와 다를 바 없다. 병원에 가져가려고 팥으로 6개를 주문했더니 포장하던 어르신이 말한다.

"오늘 슈크림이 인기가 없네."

병원 갔다가 오는 길에 슈크림을 사 가겠다고 말하는 내게 어르신은 세상 다 안다는 듯 말한다. 그렇게 말하고 진짜 오는 사람 못 봤다고.

붕어빵을 굽던 어르신은 능숙하지 못하다. 붕어빵끼리 달라붙어서 떼어내느라 정신없다. 팥이나 슈크림 양을 조절하지 못해서 반죽이 기계 사이로 넘쳐흐른다. 덕분에 다른 집 붕어빵보다 훨씬 커 보인다. 포장하던 어르신이 제대로 좀 하라고 통박을 준다. 무안해진 내가 묻는다.

"두 분이 어떤 사이에요?"

방금 통박을 준 어르신이 대답한다.

"친구!"

마주 보는 두 사람의 시선이 훈훈해진다.

어떤 사연이 있는지 모르겠다. 비슷하게 퇴직을 한 후 함께 할 만한 소일거리를 찾았을까? 아니면 한 사람이 친구의 일을 돕는 걸까? 어찌 됐든 보기 좋다. 온몸에 난 털이 하얗게 바래고 얼굴에 검버섯이 피어도 친구라고 말할 수 있는 사이. 작은 천막 안에서 체면보다 실속을 나누는 두 사람. 피차 잘 빚어온 인생 같다.

붕어빵을 병원 데스크에 건넸더니 평소 무뚝뚝했던 사람

표정이 환하게 바뀌었다. 너도나도 출출해질 시간이었다.

진료를 받고 나온 후 다시 붕어빵 가게로 향한다.

"슈크림으로 4개 주세요."

나를 알아본 포장 전담 어르신이 진짜 왔냐며 함빡 웃는다. 봉투에 슈크림 4개가 담긴다. 그리고 하나를 더 집어넣는다.

"에라, 모르겠다. 기분 값이다!"

바라보던 친구도 빙그레 웃는다.

슈크림 붕어빵 하나를 베어 물고 집으로 향한다. 붕어빵이 생각 사이를 헤엄친다. 이걸 만들어 팔기 위해 얼마나 많은 노력을 했을까. 붕어빵 하나를 덤으로 주면 남는 게 있을까. 어쩌면 돈을 벌기 위해 시작한 일이 아닐지도 몰라. 내가 먹고 있는 붕어빵은 슈크림 맛이 아니라 우정 맛인 것 같아.

사람의 별이 필요한 계절

우리 집 건물 뒤로 산책로가 있다. 도로를 사이에 두고 양쪽에 인도가 북한산 줄기까지 이어진다. 이쪽에는 해가 들지만, 건너편에는 고층 아파트 때문에 낮에도 그늘진다. 날이 풀리고 이제는 눈이 내리지 않지만, 건너편 인도에는 아직 눈이 쌓여 있다. 아무도 제설 작업을 하지 않았다. 그쪽에는 주차장이 없으므로 불편함을 느끼는 사람이 없었던 것 같다. 불과 몇 미터를 사이에 두고 마치 다른 계절을 보는 듯하다.

겨울이 되면 우울증에 시달리는 사람들이 많아진다고 한다. 나를 진료하는 의사 선생님은 햇빛에 몸을 자주 노출해야 한다고 매번 조언한다. 알고 있다. 아마 다른 사람들도 알고 있을 것이다. 그런데 날 좋은 오후 내내 햇볕을 받아도 우울한 사람이 의외로 많다.

"선생님, 하늘에 있는 햇볕이 아니라 다른 볕도 받아야 하는 것 같아요."

내가 무슨 말을 하는지 선생님은 알고 있었다.

"그렇죠. 맞아요. 알고 있군요."

건너편에 주차장이나 상가가 있었더라면 누군가 제설 작업을 했을 것이고, 그랬다면 그 길로 다니는 사람이 더 많았을 것이다. 나는 눈이 녹지 않은 그 길을 일부러 걷곤 한다. 여전히 소복하게 쌓인 눈은 얼지 않고 예쁜 발걸음 소리를 전해준다. 가로수가 와줘서 고맙다는 말을 하는 것 같다. 별말씀을! 뽀드득거리는 소리가 좋아서 제자리에서 발질을 하기도 한다. 마음을 꾹 남기고 온다.

동물과 식물에 꼭 필요한 햇볕의 영양은 다른 방법으로 얼마든지 섭취할 수 있는 세상이다. 문제는 사람의 마음인데, 그것만큼은 대체할 수단이 없지 않은가. 사람의 볕을 사람이 아닌 어디서 얻을 수 있을까. 오랫동안 사랑받지 못한 사람은 시들거나 차갑다. 노인이나 아기는 병이 들기도 하고 죽기도 한다. 우리는 종종 듣거나 보았다.

위험한 사랑은 있어도 금지된 사랑은 없다고 믿는다. 사랑이 생명을 살리는 가장 강력한 처방이라면, 우리는 당장 사랑해야 한다. 저기 가엾은 길고양이에게도, 연락이 뜸한 친구에게도, 섭섭함만 가득한 가족에게도, 싸우고 토라진 연인에게도 지금 당신이라는 볕이 필요할지 모른다. 해도 달도 어떤 약도 사람의 볕을 이길 수 없음을 우리는 알고 있는가.

2장

울어야 할 이유

그 밤의 일은 비밀

추운 밤이었다. 서울로 이사오기 전, 산골에서 맞이하는 마지막 겨울이었다. 사는 게 너무 답답해서 반려견 장군이를 차에 태우고 바닷가로 나갔다. 바다를 가로지른 보도 다리에 예쁜 불이 들어와 있었다. 낮에는 대형견과 건너려면 눈치 보였던 다리였는데, 자정이 가까운 시간이라 사람이 없었다. 우리는 다리를 건너기로 했다.

중년 남자를 보았다. 그는 다리 중앙에 서서 아래를 내려다보고 있었다. 아래는 바다 한가운데였다. 우리가 그의 옆에 서자 그가 우리를 쳐다보았다. 장군이는 꼬리를 흔들며 남자의 체취를 맡기 시작했다. 말을 먼저 건넨 건 남자였다. 개가 순하네요. 혼자 뭐 하시냐고 물었더니 남자는 그냥 서 있었다고 대답했다.

"죽고 싶어서요?"

그 말이 내 입에서 불쑥 튀어나왔는데, 그는 몹시 당황하는 표정으로 얼굴을 돌렸다.

"걸어요. 우리랑."

남자는 순순히 따라왔고 우리는 함께 바다 위를 걸었다.

운동화 끈이 풀렸다는 핑계로 쪼그리고 앉아 운동화를 손보는 동안 장군이 목줄을 그에게 건넸다. 사실, 운동화는 멀쩡했다. 살아있는 생명과 연결된 끈을, 그걸 타고 오는 작은 생명력을 느끼게 해주고 싶었다. 남은 다리를 건너는 동안 장군이 목줄은 그의 손에 있었다. 개를 키워본 적 없다던 그는 두 손으로 줄을 잡고 신경 쓰며 걸었고, 장군이는 그의 보폭을 신경 쓰며 걸었다.

다리에서 내려와 공원을 걸으며 많은 얘기를 했다. 편의점 앞에 도착했을 때, 그는 잠깐 기다리라고 말하곤 편의점으로 들어갔다. 잠시 후 천하장사 소시지를 들고 나오더니 물었다.

"이거 먹여도 돼요?"

"없어서 못 먹습니다."

장군이는 이미 앉은 자세로 그의 손만 올려다보고 있었다. 장군이가 소시지 두 개를 먹어 치우는 동안 남자의 얼굴에는 웃음이 멈추지 않았다.

이제 서로 반대 방향으로 가야 했다. 그는 내게 조심해서 들어가라는 말을 하면서 소시지 하나를 건넸다. 투 플러스 원이었다고 말했다. 나는 소시지를 받아들며 작별인사를 했다.

"다리 위에서 만나지는 맙시다."

그가 피식 웃으며 돌아섰다. 마음이 놓였다. 봄이 오면, 그 밤의 일은 서로의 비밀일기처럼 남겨질 것이다.

찐 감자를 네 개나 먹은 이유

산동네에 살 때 유난히 친하게 지냈던 할머니가 있었다.

더운 여름날이었다. 차를 몰고 나서는데 정자에 할머니가 앉아 계셨다. 최근 허리수술을 하고 거동이 불편하다 보니 두문불출하셨다. 언덕배기 정자에서 먼 바다를 내다보는 일은 딱히 낙이라고 할 수 없는 일과였다. "안녕하세요!" 잠깐 차를 세우고 인사를 건넸다. "오야, 니는 살아있었나? 죽은 줄 알았다." 할머니들의 흔한 인사법이었다.

"집에 감자 있는데, 찐 감자 드실래요?"

"주면 묵지."

부리나케 볼일을 보고 돌아와서 가스레인지 위에 냄비를 올렸다. 예쁜 감자만 골라서 찜기 위에 올려놓고 마음이 급해서 젓가락으로 자꾸 쑤셨다. 삼십 여 분이 지나자 포슬포슬 감자가 잘 익었다. 접시에 옮겼다가 종이에 싸서 다시 봉지에 담았다. 할머니가 드시고 남은 걸 댁에 가져가셔야 하니까. 한 손에는 찐 감자를 들고 한 손에는 반려견 목줄을 쥐고 정자로 향했다.

할머니는 정자 한쪽을 손으로 쓱쓱 닦아내셨다. 나는 닦아낸 자리에 궁둥이를 붙이고 앉았다. 감자가 식을 동안 할머니는 대화에 목말랐던 사람처럼 무슨 말이든 계속했다. 건강은 자신했던 할머니가 이번에 큰 수술을 받으면서 유산에 대해 깊이 생각하신 모양이다. 가진 건 시골 땅과 집밖에 없는데 자식은 많으니 아귀다툼 벌어질까 걱정하셨다. 식지 않은 감자를 배어드시며 바람 참 시원하다고 딴소리도 하셨다. 내 목덜미에는 땀이 줄줄 흐르고 있었다.

원고 마감이 있어서 집에 가야 하는데 할머니가 계속 말씀을 하셔서 일어날 수가 없었다. 말이 끊어지면 새 감자를 집어 드셨다. 그렇게 네 개나 드신 할머니는 감자를 앉은 자리에서 네 개나 먹긴 처음이라고 하셨다. 나는 알고 있었다. 내가 돌아갈까 봐, 나와 얘기를 더 하고 싶어서 계속 감자를 드셨다는 걸.

결국, 땡볕 아래 할머니와 식은 감자를 남겨두고 일어나야 했다. 날도 덥고 마음도 더웠다. 반려견을 데리고 걸어가는 내게 할머니가 소리를 질렀다.

"잘 묵었데이! 고맙데이!"

나는 대답 대신 뜨거운 손을 흔들었다.

울고 싶은 사람들

반려견과 산책하다가 사거리 벤치에서 쉬고 있었다. 사람이 많은 한낮에는 집 밖으로 나올 용기가 없어서 밤늦게 집을 나선다. 비가 내려서인지 밤바람이 제법 좋다고 느낄 찰나, 낯선 남자가 내 옆에 털썩 주저앉는다. 놀란 나는 반려견 쪽으로 살짝 자리를 옮긴다. 남자에게서 술 냄새가 난다. 일어나려고 주섬주섬 가방을 챙기는데, 울음소리가 들린다.

거리낌 없이 대성통곡하는 남자를 본다. 반려견도 나도 가시방석이다. 가방에서 작은 티슈를 꺼내어 벤치 위에 올려놓고 일어선다.

"저기요."

돌아보니, 남자가 티슈를 들고 있다.

"이거 놓고 가셨어요."

이런 눈치 없는 인간이라니. 나는 그것을 받지 않고 골목으로 바삐 걸었다.

동네를 한 바퀴 돌고 다시 돌아왔을 때, 남자는 없었다. 티슈도 없었다. 필요하긴 했던 모양이다. 다시 그 자리에 앉는다. 새벽이 깊어간다. 남자는 왜 울었을까.

누군가 먼저 와 앉아 있는 벤치에 주저앉아 엉엉 우는 사람은 처음 보았다. 울보인 나도 타인 앞에서는 울음을 누르고 누르는데, 여기까지 오는 동안 많이 참았던 모양이다. 땀과 술과 눈물로 몸의 수분을 모두 날려버렸을 남자는 이제 좀 후련해졌으려나.

문득, 나도 좀 울어야겠다는 생각이 들었다. 우는 게 재능인가 싶을 만큼 잘 울던 시절이 이제 지나갔을까. 언제부턴가 눈물이 줄어들었다. 그때보다 내 삶이 나아져서가 아니다. 그때만큼 슬프지 않아서가 아니다. 모든 걸 잊어서도 아니다. 마음이 점점 메말라지고 있다는 걸 느낀다. 삶이 건조하고 냉정하다. 이런 내가 싫어서 차라리 다시 울보가 되려고 한다.

어디서든 내가 울면 사람들이 따라서 울었다. 대체로 여자들이 그랬다. 여자들은 언제든지 같이 운다. 눈물도 품앗이를 한다. 누군가 함께 울어주는 것이 선물 같이 느껴질 때가 있다. 그런 선물들이 모이면 커다란 위로가 된다.

　울고 싶은 마음이 어느 한 계절만 타고 올까. 힘을 잃은 계절의 끝자락에서 온 마음이 젖어 있는, 울고 싶은 사람들에게 말하고 싶다. 혼자서 땀 흘리고 눈물 닦느라 애쓰셨다고, 함께 울어줄 사람이 여기에 있다고.

글자로 국화꽃을 엮어

사촌 언니가 죽었다는 비보를 들었다. 사촌 동생이 결혼한 다는 소식도 함께 들었다. 두 사람의 모친은 내 엄마의 언니들 이다. 자매지간에 한 사람은 딸을 하늘로 보내야 하고 한 사람 은 딸을 결혼시키게 되었다.

서로 애도를 전하기에도 축하를 건네기에도 마음이 녹록 지 않았을 것이다. 그들 사이에 고민하는 한 사람이 있었다. 4 년 전 딸을 잃고 여전히 애도 중인 그들의 또 다른 자매, 우리 엄마였다.

엄마는 이러지도 저러지도 못하는 상황과 이러고 싶지도 저러고 싶지도 않은 마음으로 속이 다 상한 사람 같았다. 아 무것도 하고 싶지 않다고 했다. 내가 엄마 하고 싶은 대로 하라고, 다 집어치우고 도망가라고 말하면 그때는 또 다르게 말한다. 손주 새끼들 밥은 누가 차려주냐고. 어쩌면 엄마를 살게 하는 건 하기 싫지만 해야 하는 일들 때문인 것 같았다.

　나도 그랬다. 며칠 전부터 글을 쓰고 싶지 않았다. 앞으로도 4월과 10월이 오면 작업이 힘들 것 같다. 밥벌이를 하려면 억지로라도 글을 써야 하는데, 그 사실이 더 괴로웠다. 돈보다 중요한 건 마감을 지키는 신뢰다. 그래서 쓰기 싫은 글을 쓰느라 괴롭고 힘든 나날을 보내야 했다. 내가 엄마한테 했던 말처럼 누군가 나에게 글자 따위 버리고 도망가라고 말한다면, 나도 그렇게 하지 못할 것이다.

　지금까지 글을 쓰고 싶지 않았을 때가 세 번 정도 있었다. 한 글자도 쓸 수 없는 마음을 만난 날, 제발 글자로부터 도망치고 싶은 날들이었다. 몸이 매우 아플 때도 아니었고 돈 걱정에 짓눌릴 때도 아니었다. 일이 너무 많아서 지쳤을 때도 아니었다. 내가 한 글자도 쓰고 싶지 않았던 날은 바로 겪어보지 못한 최악의 비보를 접했을 때였다. 그때마다 글 쓰는 일이 지옥 같았다. 밥 먹는 손도 미안했다.

　그러나 생각해 보면, 그럴 때일수록 글쟁이로서 책임감과 의무감을 느껴야 마땅할 것 같기도 하다. 내 마음이 아무리 지옥 같아도 자식 잃은 부모만 할까. 글자 하나 쓰는 일에도 손이 무겁지만, 봄과 가을에는 깊이 애도하는 마음을 남기려고 한다. 나의 사촌 언니를 비롯해서 먼저 떠난 꽃 같은 사람들의 명복을 빌며 글자로 국화꽃을 엮어 책상 앞에 놓는다.

백년짜리 인생도 해지되는데

내가 늘 보유하고 있는 유일한 저축성 통장은 주택청약저축이다. 급전이 필요하면 해지했다가 재가입을 반복하면서도 십년 넘게 꾸준히 유지하고 있다. 한 달에 겨우 몇만 원 자동 이체로 저축되는 통장 하나 가지고 주택 매매를 꿈꾼 것은 아니다. 소액이라도 매달 저축하고 있다는 사실만으로 형편없는 벌이에 대한 자책 같은 것을 벗을 수 있었고, 실물은 아니지만 주택과 관련된 통장 하나 있는 게 없는 것보다는 든든하게 느껴졌다.

중년 즈음엔 번듯한 집 한 채 정도 당연히 있을 줄 알았다. 나이 들어서도 월세 사는 사람들을 보면 젊은 시절 허송하였다고 시건방진 생각을 하기도 했다. 이제 거의 반평생을 온 것 같은데도 집은 고사하고 전세금조차 없는 내 처지를 곱씹다가 한숨을 삼킬 때가 많아졌다. 한숨 속에는 꼬박꼬박 잘 먹은 나이와 비루한 신세만 있는 게 아니었다. 허송세월하지 않아도 집 한 칸 갖기 어려운 현실을 맞닥뜨린 허무도 숨어 있었다.

푼돈은 아무리 모아도 종잣돈이 되지 않았다. 종잣돈이 없으면 대출을 받아도 집을 산다는 게 언감생심인 세상. 그러다 보니 이제는 내 집 마련의 꿈을 생에서 배제하게 되었다. 차라리 그 목표를 날려버리면 2순위로 밀려있던 다른 꿈에 몰입할 수 있다고 판단했다. 어쩌면 자기 위안에 불과할 이와 같은 심정은 서민이라면 한번쯤 가져보았을 것이다. 그래, 2순위의 꿈을 이루자.

생활비가 필요해서 주택청약통장을 해지하려고 뒤적이다가 청약 순위가 붙었다는 걸 알게 되었다. 내 집 없어도 당당하게 살 수 있다고 큰소리치던 메아리는 오간 데 없어지고 나도 집을 가질 수 있을지도 모른다는 희망에 헛배가 찬다. 헛배만 불러도 살 수 있다면 얼마나 좋을까 싶다가, 이게 인생이지 싶다. 해지하고 돌아오면 배가 고플 것 같다.

미련은 집에 두고 은행으로 향한다. 해지할 통장이 있다는 사실에 감사하기로 했다. 백년짜리 인생도 끝내 해지되고 마는데, 잃기 싫어서 아등바등 쥔 것들이 참 많은 것 같다. 집착도 미련도 덧없음을 곱씹으며 걷다 보니 벌써 은행이다.

물에 만 밥을 먹으며

밥을 물에 말았다. 근심·걱정에 입안이 까슬까슬했지만, 속이 쓰렸다. 먹기 싫은데 꾸역꾸역 먹어야 했다. 먹어야 사니까. 그저 살기 위해 먹는 밥. 물에 만 밥.

엄마는 부엌 싱크대에 서서 물에 만 밥을 먹곤 했다. 나는 그 모습이 정말 보기 싫었다. 청승 떨지 말고 식탁에서 먹으라고 짜증 내는 딸에게 "한 숟가락 후딱 먹으려고 했지."라고 말하며 민망해하던 엄마. 나는 짜증 내지 말고 밥상을 차렸어야 했다. 우리 몫의 반찬들을 꺼내 엄마 앞에 차려줬어야 했다. 엄마가 살기 위해 까슬거리는 입 안에 물에 만 밥을 넣고 있다는 걸 알았어야 했다.

나는 지금 물에 만 밥을 먹고 있다. 물에 만 밥은 식탁이 사치로 느껴진다. 몇 번의 숟가락질로 끝날 이 습한 식사는 싱크대 앞에서 서서 먹어야 한다. 죽지 않기 위해 먹는 밥이라는 걸 먹는 내내 인지하면서 어느 정도 서글픈 식사를 해야 한다.

사람이 어떻게 매번 힘을 낼 수 있을까. 힘이 나지 않을 때는, 너무 힘들 때는 그 상태를 그대로 받아들이는 것도 필요하다. 애써 화이팅만 외치던 시절에 나는 항우울제를 달고 살았다. 우울하거나 힘이 나지 않을 때는 그 마음을 외면하지 않아야 한다는 걸 깨달았다. 의사의 처방이기도 했다.

누군가는 자신을 위해 매끼 근사한 음식을 제공한다. 내게 음식을 해서 먹으라 조언하면서, 자신의 식탁을 정성스럽게 준비하는 것이야말로 자신을 사랑하는 일이라고 말한다. 맞는 말일 수 있다. 혼자 먹을 식사 준비에 정성을 다할 만큼 시간이 있고 음식에 진심이라면 말이다. 그런 건강한 상태가 되려면 바닥에 쏟아진 마음을 먼저 닦아내야 한다. 닦아내려면 직면할 수밖에.

나는 요리를 하고 싶지 않다. 나를 포함해서 그 누구를 위해서도. 라면 하나 끓이는 것도, 달걀 하나 굽는 것도 귀찮다. 항상 그랬던 건 아니다. 지나갈 마음이라는 것도 안다. 그래서 나는 기꺼이 물에 만 밥을 먹는다. 물에 만 밥을 먹을 때는 눈물이 날 때도 있다. 먹어야 하고 울어야 한다. 다시 요리하기 위해서. 힘을 내기 위해서.

물에 만 밥을 먹는 건 살기 위한 의지다. 그렇게라도 살아내야 한다. 우리 엄마가 그랬던 것처럼, 당신의 엄마가 그랬던 것처럼.

'의자'와 '의지'

대면 강의가 있어서 김해공항으로 비행기를 타러 나섰다가 사고가 있었다. 달리던 앞차의 바퀴에 돌멩이 하나가 튕겨 와서 내 차 바퀴에 박혔고, 순간 펑 소리가 나며 차가 기울었다. 갓길에 차를 세우고 전화기를 들었는데, 머릿속은 멍하고 손가락은 떨렸다. 무엇보다 비행기 시간과 기다릴 수강생들 걱정에 안절부절못했다.

타이어 가게까지 견인해서 옮겼지만, 내 차에 맞는 타이어가 없다고 했다. 견인해 주신 아저씨가 지역의 모든 곳에 전화해서 타이어를 공수해 오셨다. 그의 의무는 아니었고 수고가 많이 드는 일이었다. 시간이 지체되었지만, 아저씨의 배려에 감사한 마음이 컸다. 덕분에 무사히 서울에 가서 늦게나마 강의를 마치고 돌아왔다.

밤새 앓았다. 사고 이후 허리가 아파서만은 아니었다. 긴급한 상황에서 전화할 사람이 없었다는 사실 때문이었다. 놀란 마음을 안정시켜 줄 목소리가 없었다. 다른 지역에 사는 연로한 부모한테 전화할 수는 없었다.

아마 그날의 내 서러움에 공감하는 사람이 많을 것 같다. 보호자 이름을 말해야 할 때 "제가 제 보호자입니다."라고 말해야 하는 딱한 사정들. 외로운 인생들.

어쩔 수 없이 몸에 힘을 주고 살아야 하는 사람들이 있다. 허리를 꼿꼿이 세운 채 긴장하고 조심하면서 삶을 이어나간다. 등받이 있는 편한 의자에 앉지 못하는 사람들. 평생 의지란 것을 해본 적 없는 인생들. 안정, 휴식, 포근함 같은 것들을 외면해야 하는 처지들. 그런 사람들은 편한 의자가 눈에 보여도 함부로 앉지 못한다. '의자'와 '의지'라는 단어가 닮았다는 걸 새삼 깨닫는다.

어른이 되어도 기댈 곳이 필요한 것 같다. 마음이든 몸이든 눈치 보지 않고 차지할 의자 하나씩은 있어야 하지 않을까. 앉으면 스르륵 잠들 것 같은 그런 의자에 등을 기대고 앉아 경

계심 없이 마음을 부리고 싶다. 이 소박한 바람도 일장춘몽이란 걸 깨닫자 허리가 아프다. 할머니가 허리 아프다고 할 때 꼭 안아 드릴 걸 그랬다. 그게 다만 허리 통증만은 아니었을 거라는 생각이 든다.

손이 두 개인 이유

동네에 있는 슈퍼에 왔다. 계산대 앞에 키 작은 노부부가 서 있다. 할머니는 구매한 물건들을 장바구니에 집어넣고 할아버지는 뒤돌아 명절 선물세트를 구경한다. 계산을 마치자, 할아버지가 과일 선물세트를 사자고 말한다. 할머니가 돌아서서 과일의 상태를 꼼꼼히 살핀다.

"쓸만하네."

할머니의 허락이 떨어지자 할아버지는 과일 상자를 계산대 위에 올려놓으며 뒤에서 기다리는 내 눈치를 살핀다.

식재료와 생수 한 묶음을 차에 싣고 집으로 가는 길이다. 노부부를 다시 만났다. 할아버지 머리 위에 과일 상자가 얹혀 있다. 왼손으로 상자를 붙들고 오른손으로 장바구니를 쥐고 있는데, 할머니 손에도 한쪽이 쥐어져 있다. 노부부가 함께 들고 있는 장바구니. 수십 년 전에는 아들이나 딸이 있었을 자리. 손을 직접 맞잡지는 않았지만, 언제나 연결되어 있었을 그들의 손에 마음이 고인다.

내가 아이였을 때, 행여 넘어질까 봐 엄마가 손을 꼭 잡아 주었지. 학창 시절에는 헤픈 웃음 휘날리며 친구들 손을 잡고 걸었고, 사랑하는 사람이 있을 때는 그이의 손을 붙잡고 어떤 길이든 걸었어. 손을 잡아 줄 사람이 있었을 때는 자갈밭을 뛰어도 끄떡없었지. 내가 휘청거리면 나와 연결된 누군가의 손아귀에 강한 힘이 들어갔어. 넘어져서 다칠 일은 거의 없었던 거야.

어느새 집 앞이다. 트렁크에서 생수와 장바구니를 꺼내 양손에 든다. 넘어질까 조심하면서 문을 연다. 물건들을 현관에 들이고 나서 손바닥을 보니 양손에 굵은 주름이 패어 있다. 혼자 짊어진 오늘치 무게다. 시큰한 손바닥을 보고 있자니 아까 만난 노부부가 떠오른다. 서로 한쪽 손바닥만 패였을 노부부. 남은 손으로 또 다른 짐을 나눠 지면서 여생을 보낼 두 사람.

문득 사람 손이 두 개인 이유를 알겠다. 혼자인 사람도 어

떻게든 살아가라고, 스스로 무게를 나눠 지라고 두 개가 달린
모양이다. 짝짝짝. 뜬금없이 손뼉을 쳐본다.

"괜찮아. 나도 손이 두 개야."

혼잣말이 집안 가득 공허하게 울려 퍼진다. 애꿎은 손바닥
만 아프다.

여자는 천 원, 남자는 만 원

나는 보수적이고 가부장적인 집안에서 성장했다. 아버지는 아버지 본가의 제사나 명절, 행사 때마다 우리를 데리고 다녔다. 등교는 중요하지 않았고 우리에게 거부할 자격은 없었다. 운전은 아버지가 했지만, 고생하는 건 여자들이었다. 엄마는 집으로 돌아갈 때까지 부엌에서 벗어나지 못했다. 숙모들도 마찬가지였다. 남자 어른들은 텔레비전을 보거나 대낮부터 술을 마셨다. 그런 풍경이 너무나 일반적이었던 80년대였다.

딸만 셋을 둔 아버지는 삼촌들의 아들을 사랑했다. 당신 자식한테는 보여준 적 없었던 사랑과 신뢰의 눈빛으로 그 애들을 바라보았다. 쉬지 않고 음식을 하면서도 엄마는 기가 죽었다. 쓸모없는 나는 어른들 눈치만 보았다. 부지런히 심부름하던 언니가 나를 불러 오락실에 데리고 갔다. 우리는 보글보글 오락을 하면서 괴물로부터 서로를 지켰다.

차례를 지낸 후 우리 항렬의 사촌들이 주르륵 섰다. 세배를 시작하면 어른들은 지갑을 꺼냈다. 중학생이었던 언니는 천 원, 초등학생이었던 나는 천 원, 미취학이었던 여동생은 천 원, 다른 집 여자 사촌들도 천 원을 받았다. 미취학이었던 내 여동생보다 어렸던 남자 사촌들은 전부 만 원. 이제 막 걷기 시작한 애도 만 원. 남자라서 만 원.

나는 이상하게 그때의 일이 잊히지 않는다. 부당하다는 느낌을 처음 받아본 것 같다. 그 후로 할머니 집에 가는 게 싫어졌다. 아픈 척도 하고 떼를 쓰기도 했다. 의외로 아버지는 강요하지 않았다. 그 이유 역시 딸이었기 때문일 것이다. 이제는 제사나 명절에서 완벽히 자유로운 몸이 되었지만, 세뱃돈 차별의 기억은 약간의 흉터로 남아 있다.

시대가 변하면서 세뱃돈의 액수와 유형도 변했다. 오만 원권 지폐가 생기면서 만 원짜리 지폐는 약소해졌다. 현금 찾는 일이 번거롭기도 해서 계좌이체를 하거나 모바일 카드를 선물하기도 한다. 절이라는 게 익숙하지는 않아서 세배를 하는 입장도 받는 입장도 약간은 어색하다. 그러나 그 문화만은 사라지지 않았으면 좋겠다. 세배를 받을 때마다 어른이라는 자각을 할 수 있기를, 존경 받는 어른이 되기를 바란다. 나에게 하는 말이다.

길 위에 머무르는 사람들

늦은 저녁, 공원 근처에 차를 세웠다. 내가 차에서 내리자마자 경찰차가 바로 뒤에 주차했다. 지은 죄도 없는데 괜히 눈치가 보였다. 두 명의 경찰이 차에서 내리더니 주저 없이 어디론가 걸어갔다. 보니, 어떤 남자가 도로와 보도블록 사이에 몸을 반반 걸친 채 잠들어 있었다.

"아저씨, 일어나세요. 여긴 길이에요."

한참 깨워도 일어나지 않던 남자가 상체를 일으켰다. 술이 먼저, 나중에는 잠이 그를 길가에 눕게 했을 것이다.

산책하면서 이따금 쉬어가곤 했던 나의 벤치에 낯선 여자가 혼자 앉아 있다. 간혹 주말에는 자리를 빼앗기곤 한다. 그녀는 나를 보자 손에 들고 있던 담배를 땅에 떨어트리고 발로

짓이겼다. 무심히 지나가는 내 쪽으로 여자의 한숨 소리가 들렸다. 내가 멀어지자 그녀는 새 담배를 꺼내어 불을 붙였다. 담배 연기를 가장한 여자의 한숨 소리가 길 위에 울려 퍼졌다.

평소 사람이 드나들지 않던 산책로 끄트머리 정자에서 할아버지가 술을 마시고 있다. 술병을 보아하니 정종인 듯하다. 벌려 놓은 안주는 없고 종이컵에 술만 따라 마시고 있다. 사방이 트인 정자에는 찬바람이 들고 난다. 이미 하얀 눈이 내린 할아버지 머리카락이 나풀거린다. 조금 더 가까워지니까 구슬픈 음악 소리가 들렸다. 할아버지 휴대폰에서 나오는 소리다. 그게 안주였나보다.

길에는 항상 사람들이 있다. 주로 걷거나 움직이지만, 길위에 머무르는 사람들도 있다. 보거나 듣거나 마시거나 혹은 잠을 자기도 한다. 그들은 어디로 걸어가야 할지 고민 중인 것 같다. 길을 잃어버린 것 같기도 하다. 못 가 본 길은 몰라서 두렵고, 가본 길은 알기에 더 두려우니, 어디로 가야 할까. 멈춰야 깊어지는 생각들이 있다.

늦가을인데 벌써 보일러를 틀기 시작했다. 올겨울은 유난히 추울 것 같은 예감이 든다. 날이 추워지기 시작하면 뛰거나

걷는 사람들보다 길 위에서 멈춘 사람들에게 마음이 쓰인다. 그들이 마침내 돌아갈 길을 찾았으면 좋겠다. 너무 오래 머물지 않았으면 좋겠다.

비싼 값을 치르며 산다

　　대상포진이라는 병과 함께 견디기 힘든 통증이 찾아왔다. 왼쪽 얼굴에 집중된 통증은 모든 감각을 아비규환으로 만들었다. 왼쪽 눈이 부어오르면서 시야가 반 이상 가려졌다. 세상이 온통 반쪽으로 보이거나 불투명해 보이는데, 그것은 안경을 쓰고 다닌 학창 시절의 기억과는 다른 느낌이었다.

　　"너무 아파요, 선생님."

　　얼굴 쪽에 대상포진이 오면 실명 위험이 있다는 의사의 말을 들었다. 눈이 보이지 않으면 글을 쓸 수 있을까 생각하다가 그래도 손가락이 멀쩡하니까 쓸 수 있겠지 생각하다가, 당연하다고 여겼던 것들이 큰 축복이었다는 걸 깨달았다.

아버지는 당뇨 합병증으로 시력을 잃어갔었다. 바퀴만 달려 있으면 세상 어떤 차도 운전할 수 있는 사람이었다. 대형 트럭도 몰았고 레미콘도 몰았고 전쟁터에서도 차를 몰았다. 어린 나는 그런 아버지가 멋있었다.

몇 해 전 아버지는 운전 면허증을 반납했다. 당연한 일이라고, 잘했다고 말했던 내 목소리는 얼마나 냉정했던가. 면허증을 반납해야 했던 아버지의 심경을 지금에서야 조금 이해하게 되었다. 자신이 가장 잘하던 것을 못하게 되었을 때의 마음이 얼마나 착잡했을지, 쇠약해지고 늙어가는 사실을 인정하는 게 얼마나 비참했을지.

내가 대학 다닐 적에 아버지는 라식 수술을 하게 해주셨다. 수술이 끝난 후 아버지 손을 잡고 병원에서 나왔을 때, 아버지는 멀찍이 있는 호텔을 가리키며 저게 보이느냐고 물었다. 나는 또박또박 호텔 이름을 말했고 아버지는 행복한 표정이었다.

안경 없이도 세상을 볼 수 있다는 게 꿈만 같았던 그 순간을 잊고 살았다. 잊지 말아야 할 것들은 잊고 살고, 잊어도 좋은 기억들만 독으로 품어 스트레스를 만들고 있지는 않았나.

어쩜 이렇게 어리석을까.

치료가 끝나고 완쾌하면 나쁜 기억들은 소각하고 보이는 것들에 감사하면서 살아야겠다. 글을 읽을 수 있음에, 운전을 할 수 있음에, 눈부신 하늘을 볼 수 있고 사랑하는 당신을 볼 수 있음에. 내가 가진 모든 것에.

삶은 늘 고통을 거쳐야 철학과 깨달음이 오는 모양이다. 반격할 수 없는 생의 공격 앞에 우린 참 비싼 값을 치르며 사는 것 같다.

내 신세나 네 신세나

우리 집 맞은편 건물 동층에는 푸들이 산다. 갈색의 배배 꼬인 털을 가진 작고 앙증맞은 녀석은 이따금 베란다에서 세상 냄새를 맡곤 한다.

창문을 열고 바람을 쐬던 중에 베란다에 나온 녀석과 눈이 마주쳤다. 가만히 날 바라보는 녀석을 향해 손을 크게 흔들었다. 꼬리로 화답해줄 거라 기대했건만, 인형 같았던 녀석이 도둑 몰 듯 짖는 바람에 급하게 창문을 닫아버렸다. 그 일은 반복되었고 나는 녀석이 미워졌다. 아무래도 우린 친해질 수 없는 사이인 것 같았다.

에어컨을 틀어야 하는 날씨 때문에 창문 여닫는 횟수가 잦아졌다. 자연스럽게 녀석과 마주치는 상황이 자주 생겼다. 녀석이 짖을까 봐 시선이 마주치기 전에 창문을 닫곤 했다.

어느 날, 에어컨을 끄고 환기를 위해 창문을 열었더니 녀석이 가만히 앉아서 우리 집 쪽을 쳐다보고 있었다. 마치 날 기다렸다는 듯 내가 창문을 열자 녀석은 짖기 시작했다. 아니, 기다렸으면 반가워 할 일이지 짖기는 왜 짖을까.

가만 생각해보니, 녀석을 만나는 시간은 저녁이었고 그 집 안에는 불이 켜진 곳이 없었다. 그 집 베란다 앞에 가로등이 있어서 베란다는 훤했다. 가족들이 집을 자주, 오래 비우는 모양이었다. 어쩌면 녀석은 내가 반가워서 짖었던 건지도 모른다. 갑자기 안쓰러워서 녀석을 빤히 쳐다보았다. 이번에는 녀석이 짖어도 아랑곳 않고 쳐다보았다. 잠시 후 녀석이 정자세로 앉아서 나를 바라보기 시작했다. 교감과 동시에 입에서는 한숨이 나왔다.

내 신세나 네 신세나. 어쩌면 당신 신세나.

기다림은 고락苦樂이다. 햇볕과 비를, 소중한 시간을, 사랑하는 존재를, 누군가는 죽음까지도 기다리는 것이다. 때로는 즐겁고 때로는 가혹한 기다림을 반복하면서 영그는 마음이 연륜이 되는 게 아닐까.

이제 푸들은 나를 보며 짖지 않아도 괜찮다는 깨달음이 왔을 것이다. 짖는 대신 가만히 앉아서 시선을 내게로 맞추면 내가 손을 흔들어 준다는 것을, 가족들이 오기 전까지 무료함을 함께 나눌 이웃이 생겼다는 것을 알았을 것이다. 비슷한 신세는 뜻밖의 인연이 되기도 한다.

새벽에 택시를 기다리는 아이

어린 자녀 두 명을 키우고 있는 옆집 여자는 그다지 조심성이 없다. 공용 계단을 오르내릴 때 큰 목소리로 통화하는가 하면, 현관문을 닫을 때도 건물에 꽝음이 울릴 정도라 화들짝 놀라기 일쑤다. 이따금 물건을 반품하면서 택배 기사와 대화할 때도, 손님 접대를 하고 배웅할 때도 그녀의 목소리는 쩌렁쩌렁하다. 그래서 옆집의 웬만한 일과를 본의 아니게 알게 되었다.

옆집은 보통 저녁 9시쯤 분리수거를 한다. 나는 그 직후에 나간다. 오늘도 분리수거하는 날인데, 옆집이 조용하다. 눈치를 살피다가 쓰레기를 들고 현관으로 갔다가 옆집 여자의 격앙된 목소리를 들었다. 나는 쓰레기를 든 채로 얼음이 되었다.

"알았어! 다시는 엄마한테 도와달라고 안 할게! 내 새끼 내가 알아서 키울게!"

그녀의 일방적인 목소리만 들리는 것으로 보아 전화 통화인 것 같다.

오늘 밤 부부 싸움 나겠구나 싶었는데 아니나 다를까 밤이 깊도록 싸우는 소리가 들렸다. 여자의 악쓰는 목소리 때문에 책을 볼 수도 글을 쓸 수도 없는 지경이 되었다. 설마 밤새 저럴까.

나는 한 시간 정도 산책하러 나가기로 하고 운동화를 신었다. 마침 옆집 여자가 서럽게 울기 시작한다. 낡은 건물이 그녀의 울음소리로 뒤덮였다. 나는 다시 얼음이 되었다.

대략 어떤 상황인지 파악은 되었다. 고만고만한 형편으로 사는 사람들 사정이야 엇비슷할 것이었다. 돈 때문에 싸우고 울고, 그럴 수 있다. 그러나 옆집 사는 갓난아기와 유치원에 다니는 아이에게는 그럴 수 있다고 말할 만큼 단순한 문제가 아니다. 부모가 밤새 싸우고 울부짖는 모습을 보는 것은 일회적이어도 상처가 된다. 트라우마가 된다. 눈치 보는 아이가 되거나 여물지 못한 어른이 될 수도 있다.

새벽 한 시. 밖에서 옆집 여자의 목소리가 들려 베란다를 내다보았다. 그녀는 큰 아이 손을 잡고 건물 앞에 있었다. 친정엄마로 보이는 아주머니도 함께 있었다. 택시를 기다리는 모양이었다.

"엄마 아빠가 또 싸우면 그때도 할머니한테 전화해."

옆집 여자가 아이에게 그렇게 말했다. 맙소사. 아이 앞에서 싸우지 않을 생각을 해야지! 아이가 뭐라고 대답했는지는 모르겠다. 그저, 새벽에 택시를 기다리는 유치원생을 보니 묵힌 기억이 들썩였다. 부디 저 아이가 오늘의 기억을 묵히지 않고 잊어버리기를 바랐다.

두 여자가 뿜어낸 악취

　　모든 바다에서 똑같은 냄새가 나는 것은 아니다. 비린내가 진동하는 바닷가가 있는가 하면 사람 냄새로 오염된 바닷가도 있고, 인적이 드물어 맑은 물 냄새가 나는 바닷가도 있다. 나무도 흙도 돌멩이도 마찬가지다. 하물며 사람은 어떨까. 좋은 화장품이나 명품 향수를 쓴다고 해도 숨길 수 없는 사람 냄새가 있다. 그 냄새는 미소에서 나오고 겸손에서 풍기고 인품으로 누적된다. 좋은 사람에게서 나는 좋은 냄새를 동경한다.

　　이사 문제로 산골 마을 집주인과 분쟁이 있었다. 정확하게는 집주인 아내와 언쟁을 벌여야 했다. 보증금을 제때 돌려줄 수 없다는 말에 나는 화가 난 상태였다. 더 정확하게 말하면, 앞뒤 사정 얘기는 하지 않고 돈을 못 준다는 말만 해서 섭섭했

다. 나는 이미 서울에 집을 계약한 상태였다.

전혀 미안한 기색 없는 여자는 삿대질과 막말을 쏟아내었다. 나도 지지 않고 악다구니를 썼다. 여자는 내 나이를 들먹이며 싸가지 없다고 말했다. 나는 나이가 왜 문제냐고 받아쳤다. 오 년 동안 쌓아온 유대 관계가 무너지는 순간이었다.

집주인 남자가 슬그머니 중재에 들어갔다. 자신의 금전 사정이 어떠하다고 뒤늦게 해명했고, 나는 애초부터 이렇게 말했어야 했다고 섭섭함을 전했다. 끝까지 눈을 부릅뜨고 있는 여자에게는 아무말도 하지 않았다.

부부가 돌아간 후, 혼자 바닷가를 걸었다. 평소 나지 않았던 낯선 냄새가 콧등을 휘감았다. 사나운 독성의 인내가 풀풀 퍼졌다. 눈물이 났다. 맞서 싸우지 않고 인내했더라면 맑은 냄새가 났을까? 살면서 겪는 수많은 억울함 앞에서 무조건 참는 게 현명한 방법일까? 한바탕 울고 나서 결론을 지었다. 나에게서 나쁜 냄새가 나더라도 나는 나를 보호할 수밖에 없다는 변명 같은 결론이었다.

녹화된 CCTV 화면을 재생했다. 나이 많은 여자는 삿대질을 하고 있고, 나이 어린 여자는 목에 핏대가 섰다. 나이 많은 여자의 남편은 현관 앞에 가만히 서 있다. 화면 속에 있는 두 여자는 아마도 독한 냄새를 뿜고 있었을 것이다. 누구도 사과하지 않았고 누구도 화가 풀리지 않았다.

두 여자는 악취에서 벗어나기 위해서 수많은 덕을 쌓아야 할 것이다. 덕을 쌓는 건 힘들지만, 무너지는 건 한순간이다. 그걸 알면서도 무너지게 두어야 하는 날들이 있다. 살다 보면 가끔 만나게 되는 지독한 하루. 나는 지금 무너진 것들을 주섬주섬 챙기는 중이다.

3장

내려놓는 마음

두고 온 마음이 너무 많아서

오래전 강원도 원주에 살 때의 기억이다. 지인이 잘 안다는 횟집으로 따라나섰다. 자그마한 실내 공간은 한 사람이 지나가기에도 비좁았지만 손님은 많았다.

지인은 횟집 주인아저씨와 인사를 나누었고 주인은 우리를 환대해 주었다. 작은 탁자에 싱싱한 회와 해산물이 놓였다. 주인은 앞치마를 풀고 우리의 술자리에 끼어들었다.

주인아저씨는 아내가 암에 걸렸는데 손을 놓게 생겼다고 말했다. 아내는 원주에 사는 내내 속이 죄어들어 고향 바다를 사무치게 그리워했다고 한다. 먹고 산다는 핑계로 바다에 데려가지 못한 게 후회스럽다고. 그는 곧 가게를 정리할 거라고 말했다. 아내가 그토록 그리워하던 바닷가로 가야겠다고. 더

늦기 전에 가야 한다고.

묵은 기억이 떠오른 이유는 바다를 그리워한 여인의 마음이 내게 와 있기 때문이다. 바다 냄새가 나는 곳에서 한참 살다가 서울로 왔다. 몸은 더 편해지고 인맥도 넓어졌는데 허한 마음 둘 곳이 없다. 여차하면 어디든 갈 수 있는 최고의 도시에서 나는 삶의 의욕을 잃어가는 느낌이다. 그게 어쩌면 바다가 그리워서일까.

이리 봐도 저리 봐도 건물과 도로밖에 없는 서울. 기계처럼 움직이는 사람들과 매연에 찌든 나무늘. 파고 없는 한강의 무기력함. 형식적인 만남과 반갑지 않은 재회. 이맘때면 바다 위 석양을 바라보거나 감나무에 앉은 까치들을 바라보며 글을 썼는데, 지금은 다닥다닥 붙은 건물들만 보인다. 무엇이든 하나는 이루고 돌아가야 하지 않을까, 라는 욕심이 발목을 붙들고 있다.

바다가 그립다. 파도에 휩쓸리는 모래알과 가슴이 쩍 벌어지도록 후련한 수평선이 보고 싶다. 횟집 주인의 아내처럼 병이 생길까 두렵다. 다시 돌아가지 못할까 봐 걱정이다. 그러나 현실을 직시하면 정신이 번뜩 든다. 먹고 살아야 하는 게 우선인 서민에게는 그리움도 두려움도 황망하게 꼬리를 감춘다.

어디라 없이 깊고 푸른 바다들아, 잘 있는가. 그 바다에 엮인 정 준 사람들아, 잘 지내는가. 고향에 두고 온 마음이 너무 많은 사람은 숨을 쉴 때마다 향수郷愁가 쏟아진다. 금의환향 못 해도 그만일 텐데, 가지 못하는 변명이 어쩜 이리 구차할까.

내려놓는 마음에 관해

시골 생활을 청산하고 상경한 이유는 밥벌이 때문이었다. 시골에서는 의욕만 가지고 있는 작가에게 많은 기회가 오지 않았다. 다행히 서울로 이사 오자마자 강의 요청이 두 번이나 들어왔다.

그중 한 곳은 경기도에 있는 시립 도서관이었다. 내 책을 출간했던 출판사를 통해 연락처를 얻었다고 했다. 누군가 내게 일을 맡기고 싶어서 물어물어 찾았다는 말을 들으면 날아갈 듯 행복하고 감사하다.

도서관에서 기획하고 있다는 수업에 관해 자세한 설명을 들었다. 문득, 그곳이 어디쯤 있나 싶어 인터넷 지도를 펼쳤다가 막막해지고 말았다. 대중교통은 여러 번 갈아타야 하고, 자차로 가더라도 꽤 멀리 있는 곳이었다. 일주일에 한 번씩 오고 가기엔 길에 버리는 시간이 너무 길다고 판단했다. 돈을 벌기 위해 상경했지만, 시간 분배를 잘해야 하는 프리랜서로서 갈 등하지 않을 수 없었다.

도서관에서 요청한 강의 커리큘럼을 보낼 즈음, 나는 마음을 내려놓은 상태였다. 인연이 되든 안 되든 찾아주셔서 감사하다는 말과 함께 다른 작가를 섭외할 수 있는 전화번호를 남겼다. 무리해서 내가 하느니, 다른 생계형 작가에게 양보하는 것도 괜찮을 거로 생각하며 미련과 욕심을 갈무리했다.

며칠 뒤, 도서관에서 다시 연락이 왔다. 수업을 비대면으로 진행하면 맡아줄 수 있느냐고 물었다. 당연히 다른 작가를 섭외할 줄 알았던 나는 이게 무슨 행운인가 싶었다. 비대면이라면 못할 이유가 전혀 없었다. 굳이 비대면으로 변경하면서까지 내게 수업을 맡기려는 사서님께 감사할 따름이었다. 그렇게 한 계절 밥벌이가 하나가 보장되었다.

그날 나는 내려놓아야 할 때 내려놓는 마음에 대해서, 그 마음이 물어오는 행운에 대해서 생각했다. 기회는 욕심을 부린다고 더 많이 오는 게 아닌 것 같다. 자신의 역량이나 상황을 잘 파악해서 내려놓을 땐 미련 없이 내려놓아야 하겠다.

좋은 기회가 다른 사람에게 가더라도 괜찮은 마음. 그 마음이 진심이라면, 봄날 양지바른 곳에 뿌리는 씨앗이 될 거라 믿는다. 나는 그런 마음으로 살고 싶다. 마음이 봄이어야 제비가 오겠지, 하고 생각했던 날이다.

가끔 방전되는 사람입니다

대외 활동이 거의 없는 내가 북토크에 몇 번 다녀왔다. 그곳에서 놀라운 경험을 했다. 한 번도 만난 적 없는 사람들이 모두 낯익어서 처음 놀랐고, 그 사람들이 다 연결되어 있다는 사실에 다시 놀랐다. 모두 SNS로 연결된 사람들이었다. 그들이 밥 먹듯 올렸던 셀카 덕분에 얼굴을 단박에 알아볼 수 있었다. 얼굴 사진 공개는 정말 조심해야겠다는 생각이 들었다.

나는 찌그러져서 버려진 냄비처럼 구석에 틀어박혀 있었다. 혹시나 누가 알아볼까 걱정하면서 머리카락으로 얼굴을 가리곤 했다. 가방 속에 처박혀 있던 마스크를 꺼내 쓰면서, 무슨 연예인이라도 된 양 오버한다는 생각도 들었다. 나는 SNS에 얼굴 사진을 거의 올리지 않으니까 근간의 내 모습을 아는 사람은 별로 없을 것이었다. 그러나 직업상 인터뷰도 하고 강연도 하니까 어쩔 수 없이 사진 찍히는 일이 있으므로 긴장하지 않을 수 없었다. 끝내 나를 먼저 알아보는 사람이 없어서 다행이었다.

꽤 오랜 세월 혼자 고립되어 살았다. 반려견과 손잡고 시골 빈집을 찾아다니며 모국에서 이방인을 자처했다. 회복을 바라지는 않았지만, 나는 자연의 품에서 회복되고 있었다. 천천히 세상에 발을 내밀면서 다짐한 것 하나. 결코 그 누구도 나를 망가뜨리게 두지 않겠다는 것. 그러다 보니 느슨한 연결을 지향하게 되었다. 나는 고슴도치처럼 가시를 바짝 세워, 나를 더 가까이하려는 사람들에게 경고했다. 스톱!

글로 소통하면 느슨한 관계가 가능하다. 느슨한 관계에서는 큰 탈이 나지 않는다. 나는 조금 덜 알고 조금 덜 만나고 싶다. 느슨한 관계를 지향하는 사람을 두고 비겁하다고 말한다면 변명할 말이 없다. 끈끈한 당신은 얼마나 행복한지 궁금하지도 않다. 나라고 모든 시절이 지금과 같았을까. 호감에서 시작되어 막역한 사이가 되었다가 잔인한 원수가 되는 걸 너무 많이 봤다. 접착력이 강할 때 훼손되는 것들은 인간관계에서도 분명히 드러났다. 나는 이제 그게 무섭다. 삶과 정신이 훼손되는 것이.

글과 책으로 연결된 사람들이 좋다. 글에서 표정이 보이는 사람들이 있다. 그런 사람들은 만나지 않아도 자주 만난 것 같다. 그 사람이 작가라면, 북토크에서 몰래 훔쳐보고 오기도 한다. 용기 내어 책에 사인을 받아올 때도 있다. 그것으로 끝이다. 뒤풀이에 참석하는 경우는 거의 없다. 물론 작가들과 인사 정도는 나누고 안녕. 그런 나를 이상하게 보는 사람들이 꽤 많다. 어떤 남자가 사적인 자리에서 내게 말했다.

"작가님은 편하게 대하기가 좀 불편해요."

"왜요?"

"느낌이 그래요."

"그럼 좀 불편하게 대하세요."

남자는 놀란 눈으로 쳐다보았다.

"사람을 왜 꼭 편하게 대해야 해요? 가족 '같은' 관계는 세상에 없어요. 그거 착각이에요. 타인에게는 거리가 필요한 게 맞아요. 특히, 저는 매우 그런 사람이에요."

남자는 무심코 고개를 끄덕였다. 당신이 남자라서 내가 더 불편하다는 말은 하지 않았다. 필요 없는 말을 하지 않는 것도 무난한 관계를 유지하는데 도움이 된다. 인정한다. 나는 그런 사람이다. 불편하게 대해 주세요, 라고 말하는 이상한 사람. 그게 아무렇지도 않은 여자.

말하자면 나는 쉽게 방전되는 사람이라서, 그렇게 부족한 사람이라서, 나를 지키기 위한 방법은 느슨한 연결밖에 없다. 사람을 만나고 오면 다음 날에는 일을 못할 만큼 방전된다. 그런 사람이 의외로 많다는 걸 알고 있다. 누군가 선을 넘어오는 게 두려운 사람들. 그게 방어기제라는 것도 나는 안다. 그렇게라도 사회생활을 해야 하고 인간관계도 유지해야 하는 사람들이 있다. 냉정, 도도, 까칠, 그런 의미가 아니다. 그저 어떤 상처로 인해 두려운 게 많아진 사람들이다.

언젠가, 어떤 작가가 쓴 글을 아주 공감하면서 읽었던 기억이 난다. 자신은 친한 사람이 별로 없어서 인간관계에서 큰 문제가 없었다고. 상처를 주지도 받지도 않았던 것 같다고. 그게 나쁘다고 생각지 않는다고. 만약 예전의 나였다면 속으로 비웃었을지도 모른다. 그 작가의 마음이 내 마음 같은 지금, 나는 나를 불편하게 여기는 사람들이 고맙다.

여전히 느슨한 관계를 원한다. 느슨함 속에도 관심과 애정이 없지 않다는 걸 변명으로 듣지 말았으면 좋겠다. 누군가가 대놓고 이런 말을 한다면, 방어기제임을 기억하시라. 만나기 싫은 게 아니라 만나는 게 힘든 사람들이 있다는 걸 알아주시라. 내가 지금 쓰고 싶은 문장은 딱 하나다. '적정 거리를 지켜주세요.'

평생 이루지 못할 휴가 계획

휴가 계획에 관한 질문을 자주 받고 있다. 아무래도 본격적인 휴가철에 들어섰기 때문일 것이다. 때마침 장마가 물러간다는 소식은 사람들을 설레게 하지만, 코로나 확진자가 증가하고 있다는 뉴스는 고민을 불러들여 모처럼의 여행을 망설이는 사람들이 많다고 한다. 그래서 다른 사람들의 휴가에 더 관심이 생기는 모양이다.

결론부터 말하자면 올해에도 휴가 계획은 없다. 글 쓰는 직업을 갖게 된 후로 여름 휴가를 가보지 못한 것 같다. 시간을 탄력적으로 쓸 수 있으므로 딱히 성수기에 여행을 계획할 필요가 없을 뿐더러, 집에 있는 것이 가장 훌륭한 휴식이라는 것을 아는 나이가 되었기 때문이기도 하다.

그래도 여름에는 바다가 최고 아닐까.

유년기를 몽땅 바다와 함께 보냈다. 그때는 동네 바닷가에서 친구들과 함께 먹을 감거나 갯벌 속에 숨은 조개와 게를 캐며 여름을 보냈던 것 같다. 사교육을 받는 아이들이 별로 없었던 때라 학교 수업이 끝나면 약속한 듯이 바닷가에 모여들었다. 시간 가는 줄 모르고 놀다가 저만치 수평선이 해를 삼키기 시작하면 황금색 노을을 뒤집어쓰고 각자의 집으로 돌아갔다. 바다는 모두의 것이었고 깨끗했고 다정했다.

서울로 이사 오기 전까지 바다가 있는 곳에서 몇 년을 살았다. 바다는 이제 모두의 것이 아니었다. 물놀이가 될 만한 곳에서는 모두 입장료나 자릿세를 요구했고 그마저도 없어서 구하지 못하는 판국이었다. 조개나 게를 함부로 채취할 수도 없었다. 바닷가에서 공짜로 즐길 수 있는 것은 비릿한 냄새와 파도 소리뿐이었다. 나는 치사하고 지루한 바다를 버리고 도시로 왔다.

사람 마음이 으레 그렇듯이 바다를 떠나고 보니 더러 그리울 때가 있다. 누군가 휴가 계획을 물어볼 때마다 바다를 떠올리곤 한다. 한때 모두의 것이었고 깨끗했고 다정했던 바다를 말이다. 어디엔가 그런 바다가 남아있다면 애틋한 사람들을 불러 모아 숨이 찰 때까지 웃음을 뒤집어쓰고 싶다. 아마도 평생 이루지 못할 휴가 계획이다. 하긴, 장소가 문제일까. 함께 웃음을 뒤집어쓸 사람만 있다면 그곳이 어디든 최고의 휴양지가 될 것인데.

우리는 나타샤를 기다리고

평평 눈이 내리고 나는 이불 속에서 몸을 웅크리고 있었다. 함박눈은 며칠 동안 이어졌기에 이불 속에서 꼼짝하지 않고 지낸 날이 연속되었다. TV나 라디오도 틀지 않았다. 전화기는 무음. 적막과 어둠이 쌓여 공포가 될 즈음, 인간은 자신을 만난다. 남들에게 보여지는 1번 말고, 숨겨놓은 2번의 자신. 2번을 만나는 건 끔찍한 일일 수도 있고 슬픈 일일 수도 있다.

내가 만나고 싶었던 2번은 예전과 많이 달라져 있었다. 끔찍하지도 슬프지도 않았다. 1번과 2번이 크게 차이 나지 않는다는 걸 깨달았는데, 그것은 의외로 서글펐다. 욕심, 의욕, 반항, 고집 같은 것들이 타협을 이룬 것 같았다.

비로소 이불 밖으로 나온 나는 창문을 활짝 열었다. 여전히 바깥에는 눈이 펑펑 쏟아지고 나타샤는 소식이 없다.

> 가난한 내가 / 아름다운 나타샤를 사랑해서 / 오늘밤은 푹
> 푹 눈이 나린다.

내게도 가난한 내가 있고 검정개가 있다. 나타샤는 없다. 기다리고 있지만 오지 않는다. 그래도 펑펑 눈이 내린다. 나타샤와 함께 타고 갈 흰 당나귀가 없어서 오지 않는 것일지도 모른다. 내게는 늙은 개 한 마리가 전부. 혹시 나타샤가 온다면 우리는 늙은 개를 안고 산골로 가야 할지도 모른다. 그런 나타샤를 나는 기다린다.

> 산골로 가는 것은 세상한테 지는 것이 아니다 / 세상 같은
> 건 더러워 버리는 것이다.

산골을 떠나면서 산골이 그리울 거라고 확신하지는 않았다. 그곳에서도 오지 않은 나타샤가 서울에서 나타나리라고 생각하지도 않았다. 그때나 지금이나 내게는 늙은 개 한 마리가 전

부. 눈이 펑펑 내리던 날 만났던 2번의 나는 어디로 가서 살아도 좋을 만큼 많은 걸 내려놓은 상태였다.

　산골로 가는 것이 세상한테 지는 것이 아니라고 말해주어서 백석은 나의 시인. 백석처럼 아름다운 사람은 아니지만, 백석처럼 사랑하고 싶다. 가난한 나는 늙은 개와 함께 고조곤히 나타샤를 기다린다. 그리움은 겨울을 완성하는 촛불 아니던가. 촛농이 뜨거워도 늙은 개는 짖지 않고 우리는 나타샤를 기다리고.

* 백석의 시 〈나와 나타샤와 흰 당나귀〉

통 크게 만 원만

스타벅스를 처음 간 건 몇 년 전이었다. 혼자 가게 앞에서 망설이다가 엉금엉금 들어섰다. 가장 먼저 눈에 띈 건 비싼 가격이 붙은 메뉴판이었다. 계산대로 소심하게 걸어가고 있는 내게 종업원이 먼저 인사하지 않았더라면 아마 돌아 나왔을지도 모른다. 이렇게 화려한 가게에서 비싼 커피를 굳이 사야 할까 망설였기 때문이다. 그날은 작정하고 사치를 하기 위해 나간 길이었고 택한 사치가 커피였다.

갑자기 형편이 어려워지면서 눈만 뜨면 쌀 걱정을 하던 때였다. 점점 궁상맞고 소심한 사람이 되어가고 있었고 생존을 위한 최소의 소비에도 벌벌 떠는 지경이 되었다. 뭔가 변화가 필요하다고 느꼈다. 외출을 하자. 딱 만 원만 사치하자. 그런 다짐을 했던 날이었다.

　만 원으로 사치할 수 있는 건 내 생각에 커피밖에 없었다. 커피는 마시지 않아도 생존에 문제될 게 없으므로 완벽한 사치일 수 있었다. 그런데도 커피 가격을 보자 떠오른 생각이란 게 세 팩에 만 원하는 반찬 가게 메뉴판이었다.

　마음이 변하기 전에 서둘러 아메리카노를 주문했다. 주문한 커피를 받아든 나는 설탕이 어디 있느냐 물었고 종업원은 저쪽에 있다고 안내해주었다. 나는 저쪽으로 갔다. 설탕은 없었다. 설탕 없는데요? 그때 날 쳐다보던 사람들의 눈빛을 기억한다. 종업원이 재차 뭐라고 설명을 했고 다시 저쪽으로 간 나는 설탕이 가루가 아니라 액체도 있다는 걸 처음 알았다.

　커피를 들고 밖으로 나왔다. 커다란 컵이 비싼 커피라는 걸 알려주고 있으니 뭔가 부자가 된 것 같은 느낌이었고 그대로 거리를 활보하고 싶었다. 생존에 꼭 필요하지 않은 소비는 의외로 만족스러웠다. 이래서 사람들이 돈을 버는구나, 이래서 사람들이 돈을 쓰는구나, 생각했다. 만 원의 사치가 밥벌이에 동기부여를 준 날이었다. 열심히 벌자.

　우울하고 답답한 일상, 우리는 너무 모범적으로 살고 있지 않은가. 일도 만남도 소비도 틀에서 벗어나기 힘든 현실이다. 내려놓을 수 없다면 통 크게 만 원만 써버리자. 커피가 주식主食에 속한다면, 비 내리는 오후에 꽃을 사는 것도 좋겠다. 계획하지 않은 나를 위한 소비도 필요할 때가 있다.

새 인연을 만들어주는 설렘

집을 정리하다 보니 아무래도 책이 가장 많았다. 예전에 아이들 가르칠 때 쓰던 동화책도 몇 질이나 있었다. 평소 단골이었던 병원 직원이 아이가 둘 있다는 말에 동화책을 주기로 했다.

빈 박스에 책들을 넣어 포장해서 병원으로 가지고 갔다. 세 박스나 되었다. 헌책인데도 진심으로 좋아하는 그녀를 보니 힘들게 옮겨온 보람이 있었다. 남아있는 동화책은 근처 기관에 기증하기로 했다.

내친김에 옷장 정리도 했다. 몇 번 입지 않고 보관만 해온 겨울 외투들이 눈에 보였다. 필요한 사람이 없을까 검색하다가 쉼터에서 옷과 생필품을 기증받는다는 글을 보게 되었다.

한 번도 신지 않은 운동화와 함께 포장해서 보냈다. 누군가 따뜻한 겨울을 보냈으면 좋겠다는 짧은 쪽지를 동봉했다.

요즘 나는 자꾸 집을 정리한다. 평소 열지 않던 서랍장이나 싱크대 문을 열어보고 창고를 뒤적인다. 꼭 필요하지 않아 오랫동안 내게서 버림받았던 물건들이 제법 나온다. 처박아두거나 버리는 것밖에 몰랐던 이유는 새것이 아닌 걸 누군가에게 주는 게 미안해서였다. 내 안에 갇힌 생각이었다.

어찌 보면 사람도 헌 존재다. 아무리 대단한 사람이라도 새 존재라고 말할 수 있을까. 신체도 마음도 끊임없이 쓰고 살아왔으니 새것이라 말하기 힘들 것이다. 사람은 누군가에게 버림받기도 하고, 아픈 몸을 고쳐 쓰기도 하면서 살아가니까. 다만, 인연이 새로울 수는 있다. 마음이 헐고 몸이 고장난 사람이라도 새 인연을 만나고 사랑받을 자격은 충분하지 않은가. 물건이라고 다를 것 없다.

내가 쓰던 물건에 새 인연을 만들어주는 설렘을 만끽하고 있다. 보답을 바라지 않고 주는 마음은 받는 사람의 표정으로 제값을 치른다. 가난해서 나눌 것이 없다고 생각했던 건 변명이었다. 마음이 가난한 자의 변명. 알고 보니 손 닿는 모든 곳에 나눌 것이 가득했다.

　오늘은 낚싯대를 나누기로 했다. 누군가 한적한 바닷가에
서 지혜를 건져 올리길 바라며 기쁜 마음으로 낚싯대를 닦는다.

쉽게 얻은 인생은 깡통 맛이다

단골 미용실에 갔더니 새로 온 디자이너가 있었다. 키 크고 예쁘장한 얼굴이 마치 걸그룹 같았다. 친절함과 실력까지 갖추어 벌써 그녀를 찾는 손님이 늘고 있다며 원장은 입에 침이 마르도록 자랑을 했다. 경력은 많은데 이십 중반이라고 해서 깜짝 놀랐다. 몇 살부터 일했느냐고 물었더니, '열일곱'이라고 대답했다.

이런저런 얘기를 하던 중에 그녀는 아직 학자금 대출이 남았다고 고백했다. 그래서 지금은 하고 싶은 것들을 꾹 참고 있다고.

"친구들도 취업해서 학자금 대출 갚고 있어요. 사회에 나와 보니 우린 이미 빚쟁이들이었어요."

나는 뭔가 미안한 마음이 들었다. 좋은 세상을 물려주지 못해 미안했다. 그 말 대신 훌륭하고 대견하다고 말해주었다.

"멋진 인생을 살 거예요. 이미 멋지지만요."

진심이었다. 부모덕에 학비나 생활비 걱정 없이 공부하고, 최소한의 고생도 없이 꿈을 이룬 청년들보다 그녀의 인생이 훨씬 빛나 보였다. 경력도 없는 대학 신입생이 큐레이터가 되고, 돈과 인맥만 있으면 예술가로 불릴 수 있는 기막힌 세상이다. 타이틀 하나 따면 외국으로 유학 가는 게 그들의 수순. 학자금을 갚아야 하는 청년들은 꿈도 꿀 수 없는데, 그 철없는 부류들은 잘난 부모를 숨기지도 않는다. 또래들의 박탈감이나 분노가 훗날 어떤 세상을 만들지는 아무도 모른다.

쉽게 이루고 공짜로 얻은 인생은 가공된 참치 같은 것이 아닐까. 예술은 더 그렇다. 신선하지도 않고 맛도 없는 깡통 속의 음식 같은 것. 어떤 인생을 살 것인지는 각자의 선택이지만, 그 선택지가 너무 많아 배부른 사람들은 제발 예술은 하지 말았으면 좋겠다. 땀으로 점철된 바닥에 기름 투척은 하지 말아야지.

염색이 끝난 후 그녀에게 말했다.

"외모가 연예인인데, 그쪽으로 도전해 보세요."

표정을 보니 한두 번 들은 말이 아닌 듯했다. 맑게 미소 짓던 그녀가 예상치 못한 대답을 내놓았다.

"그거 하면 돈은 많이 벌겠지만, 이 일을 못 하잖아요. 저는 이 일이 너무 좋아요. 학자금도 이제 다 갚아가요!"

순간 내 얼굴은 붉어졌고, 그녀는 끝까지 빛나고 있었다.

빈터에 심은 미안한 마음

산골에 살 적에, 우리 집 왼쪽 산등성이에는 나무밖에 없었다. 이웃 할머니의 텃밭과 우리 집 사이의 공간이었다. 누군가 그 터를 사서 전원주택을 짓기 위한 토목 공사를 끝냈다. 가장 아래 커다란 돌덩이들이 박히고 위로는 흙이 쌓였다. 그게 끝이었다. 2년 동안 집이 지어지지 않은 채 방치되어 있었다.

얘기를 들어보니 거주하는 아파트를 팔아서 우리 마을로 이사하려고 했는데 아파트가 팔리지 않는다고 했다. 어쩔 수 없이 땅을 매매로 내놓았지만, 터를 다 닦아놓았는데도 안 팔린단다. 공터 앞에 오랫동안 매매 현수막이 붙어있기는 했다. 하긴, 너도나도 힘든 상황에 음산하고 불편한 산마을 터를 누가 살 텐가. 상수도가 들어온지 고작 2년된, 야생 멧돼지가 출몰하는 산마을 끝 동네인데.

옹벽은 쌓지 않고 성토 작업에서 끝난 그 터는 몇 년 동안 골 칫거리였다. 비가 많이 오는 날에는 흙탕물이 마을 길을 따라 줄줄 흘러내렸다. 나무도 건물도 없이 흙만 가득한 휑한 대지가 보기에도 좋지 않았다. 돈이 없어서 집 지을 형편이 안 되고 팔 리지도 않는다는데, 할 말이 없었다. 불편하지만 참는 수밖에. 가끔 찾아와서 자연석 끄트머리에 걸터앉아 있는 땅 주인을 보 면, 본인도 고민을 많이 하는 모양이긴 했다.

어느 날 시끄러운 소리가 들려서 나가봤더니, 그 집터에서 농기계를 돌리고 있었다. 작년 봄에 몇 가지 채소를 심더니만 완전히 밭으로 쓸 생각인가보다. 참 비싼 밭이다. 돌덩이 사이 사이에 노란 물을 머금은 봉오리들이 빛을 받아 반짝이고 있었 다. 봄꽃 모종을 심은 모양이었다. 그 길은 몇 안 되는 동네 사람 아니면 지나가는 이가 거의 없으니, 아마도 미안한 마음을 심었 던 게 아닐까 싶다.

여러 마을에 이사를 하면서 종종 느끼는 게 있었다. 사람과 물리적 공간 사이에 작용하는 운명 같은 것. 아무리 노력해도 마음대로 되지 않는 인간관계와 비슷한 듯하다. 그래도 나름 애

쓰는 주인을 보면 하루빨리 아파트가 팔려서 집을 지을 수 있기를 응원할 수밖에 없었다. 빈터에 봄꽃만 덩그러니 있는 것보다 사람이 사는 것이 훨씬 향기로울 테니까. 꽃과 사람이 함께 살면 금상첨화일 테고.

살아가는 힘인 것을

평소보다 멀리까지 걸었다. 노을이 지나간 밤이 선선해서 걷는 사람들이 제법 있었다. 편의점 앞에도 건널목에도 사람이 가득했다. 귀뚜라미 소리가 밤을 에워쌌다. 가을, 바람, 귀뚜라미, 완벽한 조합. 게다가 보름달이 뜨는 날이었다.

보름달을 보면 습관적으로 소원을 빌게 되는 게 싫어서 하늘을 보지는 않았다. 보름달이 무슨 힘이 있다고. 앞을 보고 옆을 보되 하늘은 보지 말자 작정하고 걸었다.

하얀색 운동복을 입고 씩씩하게 앞서 걷던 젊은 여자가 갑자기 우뚝 서더니 휴대폰을 높이 쳐들었다. 보름달을 찍는 모양이었다. 그 모습을 지켜보던 내 입에서 믿을 수 없는 혼잣말이 튀어나왔다. '그런 사진은 며칠 지나면 다 소용없어.' 사진을 확인하던 여자는 더 씩씩하게 걸어갔다.

주택가 골목에서 세 사람이 걸어 나왔다. 어린 여자아이가 양손에 엄마 아빠를 붙잡고 걷고 있었다. 엄마 아빠는 번갈아 가며 아이에게 말을 걸었다. 도란도란 예쁜 가족을 보며 나는 천천히 뒤를 따랐다. 나와 내 부모에게도 저런 시절이 있었을까, 회상에 젖은 사이에 아이의 목소리가 밤하늘에 울려퍼졌다.

"우와, 달이 엄청 크다!"

아이의 말에 엄마가 말했다.

"보름달에 소원을 빌면 이루어진대. 우리 소원 빌까?"

그러자 아이는 엄마 아빠 손을 놓고 가만히 서서 소원을 빌었다. 아이의 천진한 모습은 너무 사랑스러운데, 내 입에서는 다시 믿을 수 없는 혼잣말이 튀어나왔다.

'얘야, 그거 다 거짓말이야. 아무것도 이루어지지 않아.'

집으로 돌아오는 길에 사거리에서 신호등을 기다렸다. 가만 서 있다가 무심코 보름달을 보고 말았다. 너무 크고 아름다워서 저절로 시선이 간 것이다. 바람이 불어 머리카락이 얼굴에 철썩 달라붙었다. 마치 화가 난 보름달이 뺨을 때리는 것 같았다. 내가 이렇게 널 바라보고 있는데, 너의 마음을 들어줄

준비가 되어 있는데, 왜 이제야 나를 보는 거야.

머리카락을 떼어내며 혼잣말을 했다.

'이번에는 들어줄까?'

어느새 나는 마음속으로 소원을 빌고 있었다.

소용없다손 치더라도, 지금까지 빌었던 소원이 아무것도 이뤄지지 않았더라도, 그게 사람이 살아가는 힘인 것을. 희망이라는 단 하나의 끈인 것을. 그것마저 놓아버리면 밤이 슬퍼 어찌 살까. 내 마음은 제법 공손해졌다. 이번에는 꼭 들어줄 거라고 믿으며.

누워서 수강하는 못 말리는 열정

　도서관에서 글쓰기 수업을 진행하게 되었다. 비대면 줌 수업이었다. 수강생이 열 명 남짓일 거라고 예상했는데, 의외로 스무 명이 넘는 사람들이 신청했다. 놀랍게도 그들은 모두 여성이었다. 평일 아침 열 시. 출퇴근하지 않는 여성들의 오전이 어떨지 짐작하고도 남기에, 편한 복장과 가벼운 마음으로 참여하시라고 말했었다.

　줌 수업의 특성상 얼굴을 보여주지 않는 수강생들이 제법 있기 마련이다. 집안의 사적인 공간을 공개하는 게 불편하거나, 대면이 아니라도 얼굴을 보이는 게 싫은 사람도 있을 것이다. 그 마음마저 알기에 한 번도 불평한 적은 없었다. 그래도 화면 속의 표정이나마 보면서 수업하는 게 강사로서도 훨씬 재미가 있다.

어느 날, 수강생 중 한 분이 허리가 아파서 앉아있을 수가 없는데 수업을 누워서 들어도 되겠느냐고 양해를 구해왔다. 나는 누워도 되고 엎드려도 된다고, 아픈 몸으로 결석하지 않고 출석하려는 마음이 너무 감사하다고 말했다. 덧붙여, 여자들끼리만 있으니 외모에 신경 쓰지 말자고, 안 씻어도 되고 속옷을 안 입어도 된다고 말해 몇 분의 웃음을 얻었다. 그날 그녀는 수업 내내 누워 있었다. 다른 날에도 누워서 수업에 참석하는 사람이 두어 분 계셨다.

태도와 자세. 기본적인 사전 정의는 비슷하지만 두 가지 단어의 활용에는 미묘한 차이가 있다. 하나는 내면에서 일으키는 반응이고 하나는 그것이 바깥으로 보여지는 모습이라 할 수 있다. 말하자면, 태도가 바람직해도 자세는 흐트러질 수 있고, 태도가 다소 자유분방에 가까워도 자세는 누구보다 열정적 일 수 있다. 태도와 자세에 대한 이해가 선행된다면 생각보다 많은 오해를 물리칠 수 있다.

허리 통증 때문에 누워서 내 수업을 듣는 사람들을 나는 진심으로 사랑한다. 취미든 꿈이든 글 쓰는 일은 당장 어떤 보상을 받는 것이 힘들기도 해서 포기하기 쉬운 분야다. 평일 오전에, 무더운 날씨에, 아무도 강요하지 않는 수업인데도 그만큼의 수고와 열정을 들인다는 건 대단한 일이다. 그러하니 화면 속에 누워서 나를 쳐다보고 있는 중년 여성들의 열정이 어찌 아니 예쁠까.

눈이 내리면 나를 잊어요

　내가 사랑한 사람들은 모두 비 오는 날을 좋아했다. 너무 좋아서 비만 오면 술을 마셨고 내리는 비를 보며 노래하다가 종국에는 울었다. 그들은 음악을 좋아했고 문학을 사랑하는 사람들이었다. 자매이거나 친구이거나 애인이었던 그들과 함께 나도 울었다.

　지금은 그들과 대부분 이별했으므로, 이제 비가 와도 함께 울 사람이 없다. 그래서 울지 않기로 했다. 비 오는 날에는 그리워만 하기로, 그리움이 반드시 슬픔을 동반할 이유는 없다는 생각에 이르렀다. 어떤 생각을 버릇처럼 하게 되면 삶에 서서히 스며들어서 그것 자체로 삶이 되기도 한다. 비가 와도 술을 마시지 않고 빗소리를 들으며 울지 않아도 그리운 사람이 있다는 것만으로 충분해졌다.

생각해보면 일 년 중에 화창한 날이 가장 많다는 사실은 축복임에 틀림없다. 그런 날이 너무나 많아서 어쩌면 궂은 날들이 특별해 보일지도 모른다. 비가 아니라면 눈. 첫 비라는 말은 쓰지 않지만, 첫눈이라는 말은 자주 쓰듯이 첫눈 오는 날에는 특별한 마음을 도모하기 좋다. 사랑 고백을 한다면 더없이 오래토록 기억될 첫눈 오는 날.

강원도에 살 적에 첫눈 내리던 날을 기억한다. 함박눈이었다. 시내에서 술을 마시고 있었던 나는 그렇게 많이 내리는 눈을 처음 보았다. 내 인생의 첫눈이었다. 함께 술을 마시던 남자와 바깥으로 나갔다. 그와 나는 끊어졌던 인연을 다시 붙이는 중이었는데, 마침 첫눈을 함께 맞이한 것이다. 우리는 맨손으로 눈싸움을 시작했다. 취한 남자는 적당히 맞아줄 생각이 없었고 취한 나는 오기가 생겼다. 까만 패딩이 하얀 눈으로 얼룩지고 발은 자꾸 미끄러졌지만 웃음이 끊이지 않았다. 그때, 생판 모르는 사람들이 눈싸움에 끼어들었다. 취한 남자와 취한 나는 순식간에 적군에서 아군으로 바뀌어 그들과 눈싸움을 했다.

우리는 결국 헤어져서 남이 되었지만, 덕분에 눈 오는 날의 기억은 화사하고 예쁘게 남았다. 떠난 사람과의 행복한 추억이란 얼마나 슬픈 것인가. 왜 인간에게 기억이라는 몹쓸 기능을 주어 이토록 복잡한 감정에 휘청이게 만들었을까. 눈! 이게 다 눈 때문이다.

그래서 결심했다. 눈 오는 날에 울겠다고. 세 계절 동안 울고 싶을 때마다 참고 또 참았다가 첫눈 오는 날 한꺼번에 울어버리겠다고. 슬픈 기억이 아니라 아름다웠던 기억을 꺼내어 울겠다고. 나의 사랑과 나의 기도를 모두 잃어버렸으니 눈이라도 펑펑 내리라고 투덜거릴 것이다. 아직 나를 떠나지 않은 사람들에게 안부를 전하지는 않겠다. 그들이 첫눈 오는 날, 나보다 좋은 사람들과 함께 있기를 바란다. 내 소중한 인연들아, 첫눈 내리는 날에는 나를 잊고 부디 행복하자.

누구에게나 숙제는 있지

하필 폭우가 내리던 오후였다. 애써도 눌러지지 않는 추억을 안고 집을 나섰다. 내겐 숙제가 있었기 때문이다. 언젠가 서울에 오면 꼭 다녀가겠다고 말한 곳이 있었다. 한때 사랑했던 사내에게 일방적으로 던진 약속이었다. 시간이 흘러도 찝찝하게 남아있는 인생 숙제 하나쯤 누구에게나 있지 않던가.

지하철에서 내려 출구 쪽으로 다가갔더니 계단을 하염없이 바라보는 사람들이 보였다. 종일 비가 내리고 있었는데 우산이 없는 모양이었다. 누군가는 뛰어가다가 다시 돌아오고 누군가는 전화번호를 눌렀다. 누군가는 우산을 펼치는 사람들을 부러운 눈빛으로 쳐다보았다. 다행히 우산이 있었던 나는 망연자실 서 있는 젊은이에게 말했다.

"같이 우산 쓸까요?"

그의 형편과 나의 선의가 닿았다. 낯선 이와 함께 우산을 쓰고 계단을 걸었다. 어깨가 젖었다. 그 사람도 다른 쪽 어깨가 젖었을 것이다.

늦은 밤, 초행길인 서울의 어느 골목에서 나는 숙제를 찾아 두리번거리고 있었다. 빗길에 미끄러진 오토바이와 남자를 발견하고 달려가서 함께 오토바이를 일으켜 세웠다.

"괜찮으세요?"

그는 고개를 끄덕이며 사라졌고, 나는 흠뻑 젖어버렸다. 라이터를 켜던 아저씨의 도움으로 마침내 그곳을 발견했다. 가게 안 귀퉁이에 자리잡았다. 유유한 음악 사이로 사람들의 말소리가 빗방울처럼 흐르고 있었다. 메모지와 펜을 빌렸다. 그리고 숙제를 했다. 약속대로 왔다가 가노라고.

숙제를 마치느라 시간 가는 줄 몰랐다. 가게를 나왔더니 끔찍할 만큼 비가 쏟아지고 있었다. 택시는 잡히지 않았고 지하철은 어딘지 모르겠고 나는 망연자실했다. 도로를 향해 다짜고짜 팔을 흔들었다. 세상이 흉흉한 거 나도 알지만, 내 인생이 더 잔인해지지는 않을 거라는 확신이 있었다.

다행히 내게 다가온 선의의 차량이 있었다. 덕분에 나는 무사히 집앞에 도착했다. 비는 어느새 소강상태가 되었고 내게 선의를 베푼 사람은 내가 쓴 책을 모두 사겠다고 했다. 나는 책을 팔았다.

그날 밤, 일기를 썼다. 인생 숙제 하나를 해치웠다고. 숙제하러 가는 길에 낯선 이와 우산을 나누었고, 넘어진 오토바이를 일으켜 주었다고. 숙제가 없었으면 팔지 못했을 책을 팔았다고. 마음의 짐 하나를 내려놓은 기분이었다. 숙제를 했으니 칭찬을 받고 싶었다. 아이들 가르칠 때 썼던 '참 잘했어요' 도장을 찾아냈다. 오늘의 일기에 도장 세 개를 찍어주었다.

가끔은 내가 나에게 어른이 되어주어야 한다. 잘했다고, 수고했다고 말해 줄 사람이 항상 타인일 필요는 없지 않을까.

시장에서 소주 한잔

　집 근처에 재래시장이 있다. 시골 오일장을 자주 보며 살았던 터라, 서울의 재래시장은 그저 노상에 있는 슈퍼마켓처럼 보였다. 한쪽에는 반찬이나 족발을 파는 가게들이 즐비하고 한쪽에는 자동차가 쌩쌩 달렸다. 그 사이에서 나물이나 과일을 파는 노인들이 있었다. 골라골라, 소리치는 상인도 없었다. 재미없는 그곳을 오다가다 눈으로만 기웃거렸다.

　어느 저녁, 시장 내부가 있다는 걸 알게 되어서 구경하러 들어갔다. 바깥에 늘어선 상점들 사이로 좁은 골목길이 나 있었다. 그 사이로 들어서면 음식 파는 가게들이 총총히 모여 맛있는 냄새를 풍겼다. 국수와 김밥부터 두루치기와 홍어까지 없는 게 없었다.

인심 좋아 보이는 할머니 앞에 자리를 잡고 앉아 소주와 안주를 시켰다. 다운되어 있던 기분이 순식간에 활기로 뒤덮였다. 지붕을 나눠 쓰고 의자를 나눠 쓰고 대화까지 공중에서 뒤섞여 시끌벅적했다.

화장실을 가기 위해 일어섰다. 핑크 이정표를 따라가면 된다고 했다. 마치 도로처럼 바닥에는 핑크 이정표가 길게 늘어져 있었다. 가도 가도 끝이 보이지 않는 핑크는 옆 건물로 이어졌다. 공중화장실은 깨끗했고 무료에다가 화장지까지 있었다. 볼일을 보고 나와 손을 씻는데, 세정제가 보였다. 재래시장 공중화장실이 이렇게 멀쩡하다니.

할머니는 커다란 시장 중심에서 포목점을 하셨다. 할머니의 가게에는 고운 색감의 옷감과 한복이 가득했다. 그런데 가게에 있다가 화장실을 가려면 오십 원짜리 동전과 화장지를 들고 좁은 시장 안으로 들어가야 했다. 오십 원을 내고 들어간 공중화장실에는 인분 냄새와 비릿한 해산물 냄새가 났다. 코를 막고 볼일을 본 후 할머니 가게로 들어서면 내가 화장실을 다녀왔다는 사실을 누구나 알아채곤 했다.

시장에서 공중화장실에 갈 때는 항상 2인 1조였다. 언니 손을 잡거나 동생 손을 잡거나. 언니 손을 잡았을 때는 마음이 편했고 동생 손을 잡았을 때는 책임감이 생겼다. 공중화장실이 싫어서 오줌보를 참던 자매들이었다.

장소가 나쁜 기억을 지배하기 시작하면 특정 장소에 가는 일이 두려울 때가 있다. 트라우마 같은 것이다. 그러나 기억이 장소를 지배하기도 한다는 사실을 한 번 더 깨닫게 되면 용기가 생긴다. 나쁜 경험 위에 좋은 경험을 얹어 새로운 기억을 만드는 순간, 묘한 해방감을 느끼기도 한다. 두려움을 만드는 건 기억도 장소도 아니었다. 어느 시절의 자신이었다.

자리에 돌아와 소주 한 잔을 비웠다. 안주를 찾아 어슬렁거리는 술꾼들과 그들에게 영업하는 상인들의 목소리, 모락모락 연기와 함께 생의 뜨거운 냄새가 공중에 흩날렸다. 어릴 적에 지겹도록 들었던 소음과 냄새에 파묻히자, 이제는 사라진 할머니와 언니, 그리고 소원해진 동생이 떠올랐다. 어느 시장 안에 혼자 있는 나를, 서울에 와서도 혼자 있는 나를 다독였다.

바닥을 보이는 채소 접시를 수북이 채워주던 할머니와 눈이 마주쳤다. 내 눈이 쓸쓸해 보였을까.

"사는 거 별것 아니야."

할머니의 뜬금없는 위로가 소주잔에 풍덩 빠졌고 나는 그걸 단숨에 들이켰다.

함께 버리기 위해서

일주일에 한 번 정도 20ℓ 종량제 봉투에 모인 쓰레기를 버린다. 혼자 살지만, 집이 곧 직장인지라 종일 집에서만 생활하다 보면 그 정도 쓰레기는 어김없이 생긴다. 그나마 봉투가 헐렁할 정도로 쌓일 때가 종종 있는데, 좁은 집에 쓰레기 냄새가 밸까 싶어서 일주일에 한 번은 꼭 버리고야 만다. 사실, 종량제 봉투도 돈을 주고 사야 하므로 마치 돈을 버리는 것 같아 아까울 때도 있었다. 그러나 그 생각이 사라진 계기가 있었다.

그날도 쓰레기가 많이 모이지 않아 종량제 봉투가 헐거웠다. 집안 곳곳을 살피며 더 버릴 것이 없는지 확인까지 하고서 그냥 버리기로 했다. 쓰레기를 내놓고 나온 김에 편의점에 들렀다. 두루마리 휴지를 손에 들고 집으로 향하는데, 누군가 내가 버린 종량제 봉투를 만지작거리고 있었다. 분리수거도 했고 지정 장소에 배출한 나로서는 의아했다. 점점 그와 가까워졌다. 할아버지였다.

할아버지는 내가 버린 종량제 봉투를 다시 열어서 쓰레기를 손으로 꾹꾹 눌러 압축한 후에 자신이 가지고 나온 것으로 보이는 쓰레기를 얹었다. 그리고 다시 봉투를 묶어놓고는 휑하고 사라졌다. 한두 번 해온 게 아닌 듯 자연스러웠다. 우리 빌라에 사는 사람도 아닌 것 같았다. 쓰레기를 버리러 어디까지 온 것일까.

그날 이후, 종량제 봉투가 좀 헐거워도 아까워하지 않고 배출했다. 내가 버린 쓰레기 위에는 항상 다른 쓰레기가 덤으로 얹혔다. 놀라운 것은, 그런 방식으로 쓰레기를 버리는 사람이 그 할아버지만 있는 게 아니라는 사실이었다. 어떤 날은 할머니가, 어떤 날은 젊은 아주머니가 그랬다. 종량제 봉투 살 돈이 없는 것인지, 그저 좀 아껴보려고 그러는 건지 알 수 없었다.

우리 동네에 배출되는 종량제 봉투는 대체로 한도가 넘쳤다. 묶어지지 않아서 테이프로 발라 내놓는 사람도 있었다. 그러니 내가 버리는 헐거운 봉투는 그들에게 좋은 타깃이 될 것이다. 어차피 나는 버려야 하고 그들은 그것마저 아껴야 한다면 나쁠 것 없었다.

그들과 함께 버리기 위해서 나는 쓰레기를 줄이고 있다. 난생 처음 겪는 아이러니다.

애주가의 변명

도서관 강연을 마치고 나오는 길에 선물을 받았다. 나를 섭외하신 사서 선생님께서 준비해 오신 와인이었다. 내가 애주가라는 것이 동네방네 소문난 탓에 술 선물을 가끔 받는다. 애주가답게 진심으로 감사한 마음을 전하고 귀하신 몸 차에 실어 왔다. 보름만에 뚜껑을 열었다. 두 잔만 마시고 자야지, 했으나 애주가들은 이미 딴 술을 남기는 결례를 범하지 않는다.

술이라고는 한 방울도 마시지 않는 친구와 대화하던 중, 술을 안 마시느냐 못 마시느냐 물었더니, 색다른 답이 왔다. 멀쩡한 정신으로 살고 싶다는 것. 이것이 우문현답인가 싶다가도 어쩐지 지는 기분이 들어서 다시 물었다. 정신이 매번 멀쩡하면 사는 게 힘들지 않느냐고. 그랬더니 이번에는 우문에 현문이라.

"술 마시면 힘든 게 사라져요?" 과연, 온전한 정신으로 사는 사람다웠다.

정신의학과 상담을 할 때 술을 끊어야 할 지에 관해 조언을 구한 적이 있었다. 항우울제를 복용하려면 술을 먹으면 안 되고 술 마신 날에는 약을 건너뛰어야 하는데, 차라리 술을 끊을 수 있으면 끊을까 싶었다. 의사의 반응은 의외였다. 끊으라고 권하지는 않겠다는 것. 술을 좋아하던 사람이 술을 끊으면 인간관계에 영향이 크다고, 적당히만 드시라고 했다. 역시 배운 사람다웠다.

술을 마신다고 해서 힘든 일이 사라지는 건 아니다. 그러나 적당한 음주는 지치고 괴로운 심신을 완화해 준다. 물론 일시적이다. 애주가의 변명하는 말이지만, 일시적이라도 그게 어딘가. 어느 노래 가사처럼 누가 나를 위로해 줄 것인가. 술독에 빠져 책임져야 할 임무들을 망각하지만 않는다면, 숙취를 이겨낼 체력만 된다면 무엇이 문제랴.

가족 모두 애주가였다. 다섯 명이 모이면 술병이 동나고 웃음이 떠나지 않았다. 아버지는 가족들과 술을 마실 때면 주량의 반도 마시지 않았다. 대신 딸들의 웃음소리를 마셨다. 이제는

다섯 명이 모일 수 없다. 한 사람이 떠났고 가족은 네 명으로 줄었다. 남겨진 네 사람은 각자 어디선가 술잔을 들고 있을 것이다. 간 사람을 추억하고 남은 사람을 응원하며, 오늘 하루도 사느라 애쓴 자신을 위해 건배를 하고 있겠지. 어디서 마시든 혼자가 아니었으면 좋겠다.

나는 버려진 기억이고 싶다

　　자신이 잊혀지거나 버려지는 걸 두려워하는 사람들이 있다. 기어코 잊힐 수 없어서 자식을 낳는 거라고, 예술 작품을 남기는 것도 그와 같은 선상에서 해석하는 철학자들이 있었다. 극악무도한 대죄를 지어서라도 유명세를 얻고 싶었다던 살인자도 기억한다. 잘못되어도 한참 잘못된 방법이다. 어쨌든 인간은 죽어서도 기억되고 싶은 본능 같은 게 있는 듯하다. 아무래도 삶이 유한하기 때문에 생긴 불안의 유형이 아닐까 싶다.

　　언제부턴가 내 사진을 찍지 않는다. 기억하는 게 싫어서. 어떤 순간의 나를 남기는 게 두려워서. 나는 그저 버려진 기억이고 싶다. 훗날 깨끗하게 잊힌 사람이고 싶다. 그런 면에서 내 직업은 모순적이다. 어차피 남겨질 무언가를 작업하는 사람이지만, 얼마든지 잊힐 수도 있을 것 같다. 사람들의 기억은 자기중심적이며 추억에는 가미된 인식이 곁들여지고 애도는 짧으며 산 자의 입에는 매일 밥이 들어가므로. 팽창한 위장만큼 삶의 의욕은 나른하게 스미고 의욕이란 것은 현재나 미래를 향한 힘이므로.

가버린 사람은 잊어달라, 부디. 매일 쏟아지는 신간과 파쇄되는 책무덤을 생각하면, 버려지고 잊히고 싶은 나의 희망은 명확한 현실이 될 수도 있겠다. 얼마나 다행인가.

그렇다면, 나는 어떤 글을 써야 하는가. 어차피 버려지고 잊혀질 것이라면, 그럴 사람이고 그럴 책이라면, 도대체 왜 이토록 괴로운 창작의 중독에서 벗어나지 못하는 걸까. 그건 아마도 내가 아직 살아있기 때문이지 않을까. 살아있는 동안은 글을 쓸 것이고 그것이 살아있다는 단일한 증거가 될 것이고 그렇다면 책을 팔아야 하고.

그런데 최근에 생각이 많이 달라졌다. 나는 여전히 버려진 기억이고 싶다. 영영 잊혀지고 싶다. 나를 버린 독자들은 내 책도 버릴 것이고 나를 잊은 사람들 역시 내 글을 잊었을 것이다. 그러니 지금 내가 쓰는 글이 똥을 싸든 칼을 들든 무슨 상관일까. 사람들이 나를 좋아하든 미워하든 무슨 상관일까. 그 생각을 하면 쓰는 일의 중압감에서 조금은 벗어나는 것 같다.

어릴 때부터 횡재수가 제법 많았던 나는 길 가다가도 돈을 줍곤 했다. 생애 처음 산 로또가 5만 원에 당첨되기도 했다. 나는 그 횡재라는 말이 너무도 거슬렸던 나머지 길을 갈 때 땅을 보지 않으며 다시는 복권을 사지도 않는다.

작가가 된 후에는 더 그렇다. 내 글이 횡재로 이어지길 바라지 않는다. 나는 딱 노력한 만큼 얻고 싶을 뿐이다. 이렇게 아껴두었던 횡재수가 한꺼번에 폭발하여 사후에 노벨문학상이라도 타게 된다면, 아마 나는 버려지지도 잊혀지지도 못하는 신세가 될 것이다. 저승의 아가리 앞에서, 세상에 남은 찌꺼기를 수거하지 못한 나는 얼마나 불행할까. 그러니 상을 주려거든 살아있을 때 달라.

내가 태어나기 전에는 나라는 사람의 얼굴도 목소리도 아는 사람이 없었던 것처럼 내가 떠난 후에도 나라는 사람의 티끌 하나 기억하는 이가 없기를 바란다. 무에서 무로 돌아갈 것을 소망한다. 잊고 지내다가 문득 자각할 때마다 나는 뭔가를 정리한다. 노트, 다이어리, 스케줄표, 쓰다만 소설들, 그리고 유서. 내 유서에는 어김없이 들어가는 문장이 있다. '사후에 모든 책을 절판해 달라. 사후에 받는 수상과 영광은 거부한다.'

지독한 혼자만의 삶. 고독은 좋았으나 외로움은 힘들었고 배부른 걸 좋아하지 않지만 가난은 괴로웠다. 뭐든 혼자 해결해야 한다는 강박에서 실제로 혼자 해결할 수 있는 삶에까지 왔고, 혼자 할 수 있다는 자신감이 쌓이자 수많은 유혹에도 아랑곳하지 않는 사람이 되었다.

덕분에 세속에 초연하고 권력에 아부하지 않고 관계에 연연하지 않는, 어찌보면 재미없는 삶을 살고 있다. 그래야 끝까지 혼자 살 수 있을 테니까. 그래야 생의 최후 진술을 이렇게 할 수 있을 테니까. '사후에 모든 책을 절판해 달라. 사후에 받는 수상과 영광은 거부한다.'

나는 멋지게 버려지고 싶다.

수분을 잃어가는 몸

돌발적인 한파가 찾아왔다. 겨울이 제 역할을 시작하면서 집 안팎으로 건조함이 극에 달했다. 온종일 가습기를 돌리고 틈틈이 인공눈물을 집어넣는다. 목은 계속 칼칼하고 피부는 쩍쩍 갈라진다. 푸석해진 머리카락, 손톱 주위의 거스러미, 부르트는 입술. 조만간 재가 되어 바스러질 것만 같이 온몸이 건조해지고 있다.

계절이나 날씨만을 탓할 것은 아니다. 수분이 빠져나가는 나이가 된 것이다. 충분히 보충해줘도 몸이 예전만큼 수분을 흡수하지 못한다. 온몸에 크림을 듬뿍 발라도 흡수되는 양보다 겉돌다가 증발하는 게 더 많은 것 같다. 수분을 잃어가는 몸은 생기가 없다. 수분 없는 표정에도 생기가 없다. 처음에는 당황스럽더니 점점 아쉬움과 걱정으로 돌아섰다.

할 수 있는 현명한 선택은 하나밖에 없다는 걸 알고 있다. 인정하고 받아들이는 것. 인간이 성장하는 첫 번째 과제는 받아들임에 있다. 변화하는 문화와 새로운 세대, 세월의 흐름을 받아들여야 비로소 성장이 시작되는 것이다. 나는 수분을 잃어가는 몸을 받아들이기로 했다. 그리고 성장하기로 했다. 아름답게 늙자. 예쁜 주름을 만들자.

몸도 인생과 같아서 정답은 없다. 사람마다 빈도와 양은 다르겠지만, 우리 몸은 수분이 부족하면 물을 원한다. 눈물에서 땀과 소변까지 몸은 계속 수분을 내보내고 그만큼 섭취하라는 신호를 준다. 그러나 그 신호조차 더딘 구간이 오기 마련이다.

수분을 먼저 잃어버린 사람에게 물었다. 늙어간다는 사실을 어떻게 받아들였냐고. 그녀가 말했다. 살기 위해서는 무엇이든 받아들이게 된다고.

남들보다 많이 울었다고 해서 나중에 울 일이 없을 거라고 단정해서는 안 된다는 그녀의 말도 맞는 말 같다. 매년 장마 예측이 어긋나듯 아무것도 예측할 수 없는 것이다. 행복과 불행의 총량이 정해져 있어서 계산할 수 있다면 얼마나 좋을까. 다만, 먼저 울고 많이 운 사람들은 방법을 알고 있다. 우는 일에도 경험이 필요하다는 걸 깨닫기란 어렵지 않았다.

한파 뒤에 얻을 또 한 살의 나이, 건조해진 몸만큼 성숙함이 분명 있으리라.

지금도 돌고 있다

　우리 집에는 시계가 많다. 벽시계도 있고 탁상시계도 있다. 나는 시계 초바늘이 돌아가는 장면을 오랫동안 쳐다보곤한다. 숫자 12에서 6까지는 바늘이 아래로 떨어지다가 다시숫자 6에서 12를 향해 위로 오른다. 떨어지는 장면을 보면 불안하고 올라가는 장면을 보면 내가 오르는 것처럼 숨이 가쁠때가 있다. 빙글빙글 도는 일만 반복하는 바보 같은 시계.

　시곗바늘을 자세히 보면 초바늘이 가장 가늘고 길다. 분,시로 갈수록 짧고 두꺼운 걸 알 수 있다. 사람들은 '몇 시'에는민감하고 분이나 초로 갈수록 관대해진다. 약속 시각을 몇 초어기는 건 아예 알지도 못하고 몇 분 어기는 건 기꺼이 용납하지만, 몇 시간을 어기는 건 참을 수 없다. 가장 짧고 두꺼워서 하루에 겨우 스물네 번밖에 돌지 못하는 '시'. 그마저도 부지런히 움직인 '초'와 '분' 덕분이라는 걸 생각해 본 적 있는가.

한 시간, 일 분을 완성하기 위해 초바늘은 쉬지 않고 움직인다. 세상도 마찬가지다. 매초 허투루 흘러가는 때란 없다. 쓰레기들이 말끔하게 사라진다. 쌓인 눈이 길가로 정돈되어 있다. 범죄자가 붙잡힌다. 화재가 진화된다. 심폐소생술을 한다. 아기가 태어난다. 요리를 한다. 라이더는 달린다. 먹는다. 사랑하거나 헤어진다. 울거나 웃는다. 말로 다 설명할 수 없는 1초의 세상.

시간이 없다고 탓해 왔다면 부끄러워야지. 우리에게는 너무도 많은 초와 분이 존재한다. 심지어 공평하게. 뭇 날이 권태로운가? 끊임없이 돌아가는 시계 초바늘을 쳐다보자. 그저 물끄러미 바라보고 있노라면 지금 내가 얼마나 많은 '초'를 허비하고 있는지 생각하게 된다. 이렇게 많은 '초'가 있었다는 사실에 놀랍다가도 안도하게 될 것이다. 앞으로는 시간이 없다는 평계를 대지 못할지도 모른다.

초바늘이 돌고 있다. 방금 숫자 3을 지나 아래로 곤두박질쳤다. 나의 어느 시절 같다는 생각을 하는 순간, 다시 숫자 6을 지나 가장 높은 곳으로 향한다. 아직 오지 않은 화양연화 같다고 생각하는 순간, 다시 아래로 떨어진다. 어디에서도 멈추지 않는다. 인생 역시 오르기도 하고 내려가기도 하면서 각자에게 허락된 시간을 운용하는 것. 모든 희노애락은 결국 '초'에서 시작된다는 걸 기억하자.

4장

다시 시작할 시간

중요하고 숭고한 시간

새벽 두 시. 편의점 코앞까지 갔다가 도망치듯 전봇대 뒤에 숨었다. 혹시 나를 발견할까 봐 전봇대 앞에 주차된 낯선 차량 쪽으로 몸을 숨겼다. 이제 막 비닐을 뜯는 걸 보니 길어질 것 같아서 멀찍이 있는 벤치에 앉았다. 예상보다 훨씬 빨리 끝났다. 고작 10분도 지나지 않아 남자가 움직이기 시작했다.

집 앞 편의점에서 새벽에 근무하는 남자는 두 시쯤 되면 식사를 하는 것 같다. 손바닥만한 편의점 실내에 마땅히 앉을 곳이 없어서 쓰레기통이 있는 쪽에 서서 먹는 걸 여러 번 보았다. 손에는 도시락이 들려 있었다. 아마도 이제 막 유통기한을 넘긴 도시락을 먹는 모양이었다. 그마저도 허겁지겁, 혹여 손님이라도 올까 싶어 바깥을 주시하면서 먹는다. 손과 입과 눈이 쉴 새 없이 움직인다.

어쩌다가 식사 중에 손님이 들어오면 남자는 민망해하며 계산대 앞으로 달려가곤 했다. 처음엔 나도 그 사실을 몰라서 눈치 없이 들어가곤 했는데, 알면서도 그럴 수는 없었다. 언젠가부터 그가 밥을 먹고 있으면 식사가 끝날 때까지 기다렸다가 들어간다. 그래 봐야 겨우 몇 분 그 몇 분을 할애한다고 해서 내 인생에 아무 일도 일어나지 않았다.

나도 출출해서 간 편의점이지만, 내가 출출하다고 해서 다른 사람의 식사를 방해하고 싶지는 않다. 나는 손님이지만, 손님이라고 해서 눈치 없는 게 바람직한 것은 아니다. 강아지처럼 전봇대 옆을 어슬렁거리고 남의 차량 뒤로 몸을 숨기는 행동이 과한 배려라고 생각할지도 모르겠다. 그러나 내 생각은 다르다. 그가 통화하거나 책을 보고 있었던 것이 아니라 밥을 먹고 있었기 때문에, 누구에게나 중요하고 숭고한 시간이므로 배려받아 마땅하다고 여긴다.

남자가 도시락을 정리하고 티슈로 입을 닦는다. 카운터로 돌아가 옷매무새를 가다듬는다. 나는 이제 막 도착한 사람처럼 편의점 문을 열고 들어간다. 그가 밝은 얼굴로 인사를 한다. 십 분 전의 남자는 저 표정이 아니었을지도 모른다. 두 시십 분. 나는 신중하게 도시락을 고른다. 내게도 중요하고 숭고한 시간이 시작된다.

어느 시절을 위로하며

엄마가 기어이 작은 텃밭을 임차한 모양이다. 끊임없이 바라온 일이었지만, 자식 눈치 보느라 마음대로 하지 못했다. 손녀 둘 육아로 바쁜 데다가 이제 슬슬 몸도 쇠약해지는 마당에 텃밭은 무슨 텃밭이냐고 나는 대놓고 만류해왔다. 엄마는 근교에 작은 텃밭을 계약하고도 한참 후에 그 사실을 내게 알렸다.

아무리 작은 텃밭이라도 얼마나 힘에 부치는지 잘 알고 있는 나는 엄마가 스스로 포기하게 되리라 생각했다. 이왕지사 계약했으니 잔소리는 접어두고 쉬엄쉬엄하시라고만 했다. 딸의 반응이 돌아서자 신이 난 엄마는 텃밭에 다녀온 날에는 수다를 떨었다. 상추를 한 포대나 수확해서 이웃에 나눠 주었다거나, 오이가 많이 자라서 오이소박이를 김장처럼 하였다는 이야기.

나는 시시콜콜한 엄마의 텃밭 일기를 들어주었다.

"우리 아버지는 왜 땅이 한 평도 없었을까?"

소작농의 딸이었다는 건 알고 있었지만, 이어진 엄마의 말은 조금 아팠다.

"남의 밭에 수확이 끝나면 기다렸다가 이삭을 주워 왔어."

요즘엔 이삭줍기가 절도에 해당하지만, 당시엔 지주들도 당연하게 생각했다고 한다. 엄마가 주워온 이삭으로 엄마의 엄마는 음식을 만들어 먹였다.

"그땐 그렇게 부러웠어. 온전한 농작물을 수확하는 게."

텃밭을 일구고 싶다는 엄마의 마음을 묵살했던, 그게 왜 하고 싶은지 묻지 않았던 내가 원망스러웠다. 엄마는 반백 년만에 어린 시절의 한을 푸는 중이었다. 미안함, 안타까움 등의 복합적인 감정들을 가라앉힌 나는 다짐하듯 말했다.

"엄마. 내가 꼭 지주로 만들어줄게."

엄마는 말만 들어도 좋다고 했다. 솔직히 말하면, 말만 하는 딸이 될까 봐 겁이 난다.

고작 열 평 남짓한, 그마저도 소작료를 내야 하는 땅이니 소작농의 딸이었던 엄마는 자신이 소작농이 된 셈이다. 그러나 엄마는 행복해 보인다. 소박한 땅을 일구면서 한 시절의 자신을 위로하고 있는 듯하다. 어쩌면 현재의 자신도 위로받고 있을 것이다. 내가 글을 쓰듯이, 누군가는 노래하듯이. 어느 시절을 위로하며 또 한 시절을 건너다보면 인생이 완성되어 있을까.

더운 계절마다 수고 많았다

우리 집에는 낡은 스탠드 에어컨이 있다. 팔 년 전에 싼값에 사서 요긴하게 써온 녀석이다. 날이 더워지기 시작하면 필터를 씻고 시운전을 해본다. 혹시나 수명이 다하지는 않았을까 염려하는 마음으로 에어컨을 틀면 가난한 주인 걱정마시라는 듯 시원하게 돌아갔다. 덕분에 장마철에도 눅눅함을 없애주었고 열대야에서도 잠을 자게 해주었다.

아무래도 올해가 끝인 것 같은 느낌이 든다. 좌우로 씩씩하게 돌아가던 헤드가 제 맘대로 돌아간다. 상하로는 아예 움직이지 않는다. 마지막 힘을 쥐어짜는지 그래도 시원한 바람은 쏟아내어 준다. 그르렁그르렁. 커다란 실외기도 전에 없이 힘겨워 보이지만, 몇 번의 헛기침 끝에 제 역할을 해낸다.

에어컨을 틀 때마다 마음이 편치 않았다. 다른 에어컨 가격의 반도 안 되는 몸값으로 우리 집에 와서 여덟 번의 여름을 쉬지 않고 일했는데도 주인은 예전 같지 않은 에어컨이 영 섭섭하다. 이런 덩치 큰 녀석들을 새로 장만하려면 목돈이 들어가기 때문이다. 돈 앞에서 팔 년 동안의 수고는 소리 없이 묻히고 만다. 가난한 주인을 만나면 헌신해봤자 헌신짝이 되는 것이다.

여름도 막바지에 치닫고 있다. 밤이면 매미 대신 귀뚜라미가 등장하고 미리 부는 가을바람인 듯 제법 선선한 공기가 돈다. 앞으로 세 계절 동안 쳐다보지도 않을 에어컨을 닦는다. 일 년쯤 지나야 에어컨의 상태가 궁금해질 것이다. 그때도 가난을 면치 못했다면 전전긍긍하다가 신세한탄으로 이어지겠지. 새 에어컨을 장만해도 좋을 상황이 되었다면 가차 없이 갈아치울 지도 모른다. 형편에 따라 변하는 사람 마음이 참 부끄럽다.

한 시절, 어느 시기, 혹은 어떤 기회에 따라 들고 나는 관계는 사람 사이에도 있다. 에어컨이나 난로처럼 없으면 안 되는 존재였다가 시나브로 잊히는 사람들. 관계가 소원해지고 사

람은 잊더라도 한때 고마웠던 마음만은 잊지 말아야지. 다시 에어컨을 닦는다. 더운 계절마다 수고 많았다는 말을 슬쩍 흘린다.

작은 원한도 만들지 말아야

'운'과 관련한 책을 읽었다. 운명론이나 사주팔자를 맹신하는 사람은 아니지만, 노력만으로 살아가는 일이 막막한 소시민으로서 가끔 그런 책을 읽는다. 이번에 읽은 책에서 가장 여운이 길게 남았던 부분은 '작은 원한도 만들어서는 안 된다'라는 구절이었다. 아무리 좋은 운이 있어도 자신에게 원한을 품은 사람이 있다면 그 운이 제 역할을 못 한다는 뜻이다. 오래 새겨 온 사자성어 하나가 떠올랐다.

나는 '인과응보'라는 말을 신뢰해 왔다. 나쁜 짓을 한 사람은 어떻게 해서든 불운을 얻고 착한 사람은 반드시 빛을 보게 된다고 믿었다. 다소 허망함이 들 때도 있었지만, 바르게 살게끔 나를 이끄는 훌륭한 믿음이 되어 주었다.

집안에서 문턱에 발가락을 찧었을 때, 그런 사소한 통증도 작은 벌이라 생각하며 근래 어떤 잘못을 했는지 되돌아보곤 했던 것이다. 잘못을 돌아보는 사람의 내일은 다를 거라는 확신이 내겐 있었다.

외출이 거의 없고 인간관계도 극히 제한적인 내 일상에서 사람과의 마찰은 드문 편이다. 깊은 사이가 없으니 예의를 다하게 되고 그런 사이에서는 딱히 부딪힐 일이 없는 것이고 결국 나쁜 짓을 할 이유도 없다. 그러나 직접 대면하여 저지른 잘못이 없더라도 털어 먼지 안 나는 사람 없다는 말이 있듯이 자기 검열은 필요하다고 생각한다. 티끌 같은 먼지도 쌓이다 보면 선명한 발자국을 남길 정도로 견고하고 거대해지므로 티끌일 때의 잘못을 그냥 넘겨서는 안 되는 것이다.

작은 원한도 만들지 않으려면 실수나 잘못을 했더라도 반성하고 용서를 구할 줄 알아야 한다. 진짜 나쁜 사람은 잘못하고도 잘못한 줄 모르거나 남의 인생을 박살내고도 상대방 탓만 하는 사람이다. 그런 사람들은 행여 당장에는 큰 불운이 없더라도 대대손손, 사돈에 팔촌까지 응보가 전해질 거라고 믿는다.

얽히고설킨 인간관계는 어디에서 다시 엮일지 알 수 없으므로 애써 좋은 마음을 먹어야 하고 원한은 풀어주어야 한다. 낮은 마음이 단초임을 되새기면서 살아야겠다.

모름지기 겨울이란

인생에 리셋이 필요한 것 같아서 선물 받은 물건들을 죄다 끄집어냈다. 금은보화라면 내다 팔아 쌀값에라도 보태겠지만, 팔아도 돈이 되지 않는 물건들은 처리하기가 난감하다. 고장 나거나 망가졌다면 모를까, 멀쩡한 물건을 준 사람과의 연이 끝났다는 이유로 내다 버릴 수는 없었다.

나는 받은 선물을 맘 편히 버리지 못하는 사람이었다. 나를 향한 마음이 담긴 선물을 다른 사람에게 줄 수도 없었다. 사랑하는 사람이 준 선물은 더욱 그랬다. 비록 인연이 다하여 사람과는 이별했다고 해도 물건은 잘못이 없다고 여겼다. 선물을 고르고 내게 주었을 때의 그 마음을 간직하고 싶었다. 그런 마음들은 허덕이는 내 삶에 소중한 재산이었다.

어느 여름이었나. 상당히 실망한 일이 있었다. 내가 마음을 담아 선물한 저금통을 다 큰 따님이 탐내기에 선뜻 주기로 했다는 말을 들었다. 너무 당당하게 말해서 기가 막혔다. 아무리 사소해 보이는 선물이라도, 선물에는 주는 사람의 마음이나 의도가 담겨 있다. 특히 나처럼 선물할 형편이 못 되는 사람이 모처럼 선물할 때면 영혼까지 몇 방울 넣어서 보낸다.

내가 선물한 저금통은 비밀번호 잠금장치가 있는 금고형 저금통이었다. 반품과 교환을 세 번이나 했던, 참 번거로웠던 물건이었는데, 그렇게 귀찮음을 참아가며 선물한 이유가 내겐 분명히 있을 터였다. 선물 받은 물건을 쉽게 버리거나, 잘 잃어버리거나, 누군가에게 재선물하는 사람은 타인의 마음을 받을 자격이 있을까.

나도 쉽게 살았으면 좋겠다는 생각이 들었다. 사람도 쉽게 버리고 선물 받은 물건도 쉽게 줘버리고 긴 인생 하루쯤도 내다 버리면서. 관계 따위에 얽매이지 않고 내 마음대로. 도덕, 양심, 도리 같은 거 훌렁 잘 벗고 사는 사람들을 부러워하며 부려 놓은 선물들을 박스에 다시 담는다. 처분하지 못할 거라는 걸 알고 벌인 일이었다. 역시 아무나 하는 게 아니었다. 나는 추억을 버리는 일이 쉽지 않다.

유난히 그런 계절이 있다. 긴 겨울밤, 소주 한 잔에 추억 한 봉지 까먹으면서 나의 화양연화를 되짚어보다가, 찹쌀떡 파는 청년은 이제 지구상에서 사라졌는지도 괜히 궁금해하며, 모름지기 겨울이란 돈이 있으나 없으나 궁상 한 줌은 있어야 인간답지 아니한가.

인생은 지금부터 시작이다

겨울밤의 열병은 여전히 되풀이되고 있다. 몇 사람은 내게 도움의 손길을 내밀었고 나는 최선을 다해 그들의 꿈을 돕고 있다. 그런가 하면 어떤 사람은 비아냥거리기도 한다. 신춘문예나 등단 따위에 왜 목숨을 거는지 모르겠다고. 물론 목숨까지 거는 건 아니지만, 누군가에게는 간절한 꿈이기에 길고 긴 겨울밤을 문장과 싸우며 보내고 있는 그들을 우습게 보지 말았으면 좋겠다. 이해가 안 되면 외우라고 말해주고 싶다. 꿈은 비난하는 게 아니라 응원하는 것이라고.

개인적으로 타인의 꿈이나 목표를 존중해주지 않는 태도는 참기 힘든 일 중 하나다. 멀리서 보기엔 비록 그 꿈이 하찮아 보이더라도, 왜 그 길을 가려고 하는지 이해할 수 없더라도, 꿈을 향한 열정으로 겨울밤을 지새우는 것은 너무나 기특하지 아니한가. 우리가 살면서 무엇을 위해 그리 밤을 지새웠던가. 떠나버린 기회나 사람을 아쉬워하며 술이나 진탕 마시고, 이불 속에서 축구 중계를 보며 적적함을 달랜 것 말고 오직 꿈을 위해 어떤 밤을 지새워보았나.

나는 꿈을 가진 사람들이 너무 좋다. 보기만 해도 좋다. 꿈이 있다는 말만 들어도 좋다. 꿈을 이루기 위해 수많은 유혹과 욕망을 달래야 하는 밤, 그런 밤을 먼저 보내본 사람만이 공감할 수 있는 이 계절의 열병. 당선된 사람은 올겨울에 작가가 될 것이고 다수의 사람은 남은 겨울밤 절망을 덮고 잘 것이다. 어느 쪽이든 쉽게 쓰인 글은 없다. 열정이 사라지거나 꿈을 이루고 나면 이 밤들이 그리워질 것이니, 당락을 떠나 아름다운 기억이 될 거라고 말해주고 싶다.

습작 기간이 길었던 나는 절망 또한 수없이 겪어야 했다. 비슷한 감정이 반복되면 그 감정에 익숙해진다. 낙선의 고배. 절망을 넘어선 그것은 일상이 되었다. 그래서 계속 썼다. 쓰는 것도 일상, 절망도 일상. 또 떨어지겠지, 하고 응모한 공모전에서는 상을 주었다. 어디선가 나를 인정해주면 길었던 절망이 일순간 고마워진다. 희망이 생긴다. 그래서 또 쓴다. 결국, 절망이든 희망이든 쓰는 사람에게는 계속 써야 하는 이유가 생기는 것이다.

불혹과 지천명을 넘기고서야 문학 공모전을 준비하는 사람들에게 유난히 마음이 간다. 한때는 청춘의 축제였던 신춘문예도 이제는 나이를 불문하는 꿈의 잔치가 되었다. 작가를 꿈꾸는 중년들이여, 청춘에 기죽지 마시라. 체력이야 그들보다 조금 미약할지언정, 삶이 곧 문학이라는 말을 믿는다면 중년이 더 유리할 수 있는 조건 아니겠는가. 꿈꾸는 모든 사람은 알고 있을 것이다. 밤의 행운이 잠든 사람에겐 오지 않는다는 걸. 올겨울 당신의 밤에 행운이 들기를!

글쟁이가 되면서 바뀐 생각이 있다. 인생은 늘 지금부터 시작이라는 것.

마침표를 찍을 때까지

작가가 되면 멋진 인생을 살 줄 알았다. 사람들의 사랑과 존경을 받고 집안의 자랑이 되고 자존감이 폭발할 줄 알았다. 참 세상 물정 몰랐구나 싶다. 아니, 문단 물정을 몰랐다. 작가 세계에도 '급'이란 게 있었다. 신인에게는 치고 나갈 거센 물살이 필요한데, 그게 거의 인위적으로 만들어진다는 것을 알고 나는 절망했다. 대형 출판사나 메이저 문예지와 연결되는 건 등단만큼 힘든 일이었다.

괜찮았다. 늘 그랬듯이 나의 절망은 포기와 연결되지는 않는다. 계속 쓰고 부지런히 책을 내면서 독자를 늘려가는 방법 밖에는 없다는 결론에 이르렀다. 그것은 숟가락으로 장독에 물을 채우는 것과 비슷했다. 대단한 끈기가 필요했고 가난은

견딜 만해야 했다. 나는 지금 그렇게 살고 있다. 아니, 견디고 있다.

책을 내면 부자가 될 줄 알았다. 인세로 집도 사고 차도 바꾸고 근사한 서재에 앉아 글을 쓸 줄 알았다. 등단 기간을 생각하면, 꽤 많은 책을 냈다. 여러 군데에서 인세를 받고 있는데, 모두 취합해봐야 한 달 생활비도 되지 않는다. 최저로 받았던 인세는 통닭 한 마리 값 정도였다. 소주 살 돈까지는 안 되었다.

비로소 깨달았다. 인세로 부자가 되지 못한다는 사실을. 그건 내 힘으로 어쩔 수 없다는 것도, 노력이 반드시 돈을 가져다주는 건 아니라는 것도. 그런 깨달음은 내 삶을 다른 방향으로 이끌었다. 사람들 앞에 나서는 게 불편한 내가 강의나 강연을 다니게 된 것이다. 나는 작가가 되었지만, 내 생활비는 강연에서 나왔다. 인세는 내가 책을 냈다는 걸 상기시켜주는 역할밖에 하지 못했다.

'그래도 하고 싶은 일을 하잖아요.'

내가 제일 듣기 싫어하는 말이다. 자주 듣는 말이기도 하다. 나의 가난이 행복한 투정으로 보였던가. 글 쓰는 게 가장

하고 싶었던 일이었던 건 맞다. 그런데, 하고 싶은 일을 한다고 다 행복한 것은 아니다. 하고 싶은 일을 하면서 그 일로 먹고살 수 있는지 없는지가 관건이다.

나는 글을 쓰고 싶은 사람이고 혼자 있는 걸 좋아하는 사람인데, 나의 생계는 강의와 강연에서 보장된다. 곧 지칠지도 모른다. 무서운 건 그거다. 내가 쓰는 일을 싫어하게 되는 것. 그게 단지 생계 때문이라면 얼마나 슬픈 일인가. 내가 사람들 앞에 서는 이유는 단 하나, 계속 쓰기 위해서다. 하고 싶은 일을 하기 위해서 하기 싫은 일을 해야 하는 현실. 그러나 말했다시피, 나의 좌절이 포기와 연결되지는 않는다.

멋진 인생, 부자가 되는 것 따위는 내려놓은지 꽤 되었다. 내려놓으면 올라오는 것도 있다. 이제는 상업성과 문학성을 타진하지 않는다. 팔리든지 말든지 모르겠다. 그냥 내가 쓰고 싶은 글을 쓴다. 어차피 인세로 통닭 한 마리 못 먹는다면, 쓰고 싶은 거나 쓰자는 생각이다.

내 소설들은 끝내 아름답지 않았다. 해피엔딩은 거의 없다. 요즘에는 밝고 따뜻한 소설이 잘 팔려요! 그 말을 많이 들어서인지 매번 신경 쓰였다. 팔릴 만한 이야기를 찾기도 했었다. 이제 나는 이야기를 억지로 만들어내지 않는다. 마음이 편안해졌다. 그래, 이게 작가지, 싶다가도 이 역시 변명으로 일관한 자기 위안밖에 되지 않는다는 생각도 한다. 그래도 상관없다. 팔리는 글보다 쓰고 싶은 글을 쓰는 작가가 더 멋있을 수밖에. 쓰고 싶은 글을 열심히 쓰다 보면 팔리는 글이 될지도 모른다는 희망 역시 버리지 않았다.

어쩌면 생의 목표나 희망이 박살났을 때, 어쩔 수 없이 내려놓아야 하는 것들이 생겼을 때, 그제야 진짜 삶을 살 수 있는지도 모르겠다. 여러 사람과 연결되어야 하는 강의나 강연도 이렇게 힘든데, 부나 명예를 유지하기 위해서는 얼마나 많은 연결을 해야 할까. 생각만 해도 피곤하다. 그렇다면, 사람과 연결되지 않고 먹고 사는 길은 없을까? 단언컨대, 없다.

나는 계속 쓰기 위해 말하는 일을 하는 사람이다. 혼자 작업하는 시간을 확보하기 위해 많은 사람과 연결되어야 하는 사람이다. 아직 내게 오지 않은 찬란한 날들을 신뢰한다. 아직 내가 쓰지 못한 최고의 글이 있다고 믿는다. 나의 절망이 포기에 이르지 않기를 소망하며 오늘도 쓴다. 이 빌어먹을 작가라는 세계에서 빌어먹지 않기 위해 최선을 다하는 중이다.

내가 만약 쓰는 일을 포기한다면, 그건 이 세상에 나란 존재가 부재함을 알리는 것이다. 그것은 포기가 아니라 마침표다. 생에 마침표를 찍을 때, 비로소 나의 글쓰기가 끝난다는 것. 남들은 사직서를 가슴에 품고 산다지만, 나는 마침표를 가슴에 품고 산다. 포기가 아니라 마침표를 찍으며 살아야 한다는 것은 쓰는 삶을 사랑한 후에 깨달았다. 언젠가 훈장처럼 꺼낼 수 있기를 바라며, 쓰는 사람으로 늙고 싶다. 글쓰는 할머니가 되고 싶다.

몸은 닳아도 마음만은 부자로

겨울바람에 나뭇잎들이 죄다 떨어진다. 떨어진 것들은 금세 메말라서 서걱서걱 소리를 내며 차가운 바닥을 뒹군다. 열심히 비질한다. 멀끔해진 마당을 보는 건 잠시뿐이다. 의지할 곳을 잃고 헤매다가 말라비틀어진 잎새들은 사방에서 날아와 다시 쌓인다.

생이 이제 가을에 접어든 것 같다. 내 몸에 붙어 영양과 생기를 공급해주던 세포들이 하나씩 떨어져 나가는 걸 느낀다. 시력도 예전만 같지 않고 잇몸이나 무릎 관절도 가끔 일상을 불편하게 만든다. 충만했던 자신감이라든가 집념, 의욕 같은 것들이 앞다투어 떨어져 나가면서 허울 좋은 안분지족이라는 말을 남겼다.

예술인들을 대상으로 한 설문조사에서 마지막 즈음에 나왔던 질문에 한숨이 후두두 쏟아졌다. '당신은 노후를 대비하고 있습니까?' 나는 '아니오'를 클릭했다. 겨울을 대비하는 건 가을 무렵일 텐데, 나는 완전히 무심하다. 어떤 대비를 해야 하는지도 모르겠다. 바닥에서 뒹구는 마른 잎들처럼 대책 없이 떠도는 느낌이다.

노후에 필요한 것들을 생각해 보았다. 경제력이 기본이겠지만, 그것만큼 중요한 것이 좋은 기억이 아닐까 싶다. 과거를 후회하지 않는 사람, 지나온 삶을 반추하는 것이 뿌듯한 사람, 열심히 사랑한 사람, 늙는 일에 최선을 다한 사람. 나는 노년에 경제 부자로 사는 사람보다 마음 부자로 사는 사람이 더 멋져 보인다. 철없다고 생각하지 마시라. 오랫동안 노인들과 일상을 공유해보니, 같은 나이라도 마음 부자들의 얼굴이 훨씬 행복해 보이더라.

떨어진 이파리면 어떠하리. 맨땅을 나뒹굴면 좀 어떠하리. 엽록소도 없고 습기도 없고 바람을 가를 기력도 없지만, 아름답게 산 것들이 먼저 떨어져 다음 세대의 거름이 된다. 서럽다고 생각하면 하염없이 서러운 게 사람 마음. 무릎에 관절 파스

를 붙이고 잇몸에 좋다는 치약을 사고 곧 안경을 쓰게 될 것 같은 나의 몸에 애정을 담는다. 내려놓을 것은 내려놓는 용기도 필요한 것 같다. 몸은 닳아도 마음만은 부자로 늙고 싶다.

매년 기적을 만나고 있다

산마을에서 보낸 마지막 가을이었다. 마당이 피바다로 변했다. 어스름 도는 이른 아침까지 잠을 자지 못해서인가. 동쪽에서 해가 뜨고 있는지 살피러 나갔다가 마당에 혈흔이 낭자한 것을 보고 까무러칠 뻔했다. 현실일 리가 없는데도 놀라는 건 예방하기가 어려운 일이다. 실상은, 제법 거칠었던 봄비와 곡풍이 합세하여 동백나무를 괴롭힌 결과물이었다. 켜켜로 쌓인 붉은 것들은 젖은 탓에 흐물흐물 땅바닥에 눌어붙었다. 해가 다 뜨기도 전에 그것을 보았으니 착시를 일으킬 만했다.

같은 장면을 보아도 사람마다 상상의 눈이 다른 까닭은 과거의 경험이나 기억 때문이다. 붉은 꽃을 혈흔이라 생각하는 사람이 있는가 하면, 곧이곧대로 동백꽃이 떨어졌다고 말하는 사람이 있을 것이고, 불이 났다고 표현하는 사람도 있을 수 있다. 순간적인 착시 혹은 환시는 보통 사람에게도 이따금 일어나는 일이다. 자라 보고 놀란 가슴이 솥뚜껑 보고 놀라는 것과 같은 이치다.

해가 쨍 솟은 후, 빗자루를 들었다. 아무리 비질을 해도 꿈쩍하지 않는 붉은 것들 때문에 목장갑을 끼고 하나하나 떼야 했다. 쭈그리고 앉아서 시멘트 바닥에 붙어있는 붉은 꽃잎들을 떼어내다 보니 동백 씨앗도 제법 떨어진 걸 보았다. 벚꽃은 이미 온 동네를 누비며 떨어지고 있었다. 봄은 떨어지는 계절이기도 하다. 시작이라는 이미지로 포장되어 있지만, 사실 봄은 끝이기도 해야 한다. 계절도 자연도 때마다 한결같지는 않았다.

구부정한 허리를 펴다가 소나무 뒤에 숨어 있는 하얀 것을 발견했다. 이번에는 처녀 귀신인가 싶었더니, 최선을 다해 만개한 목련이었다. 꽃나무 종류가 워낙 많은 산마을이라 소나무 사이에 목련이 있었다는 걸 처음 알았다. 누가 보지 않아도 이맘때면 부지런히 만개했을 하얀 것을 내내 쳐다보았다. 아름다운 것을 보는 눈도, 미안한 마음을 담은 시선도 한곳에 오래 머무는가 보다. 이미 떨어진 붉은 것이야 어찌할까. 저 예쁜 하얀 것이나 오래 보아야겠다.

어떤 작가는 마흔이 넘어 봄을 만나는 일을 기적이라 말했다. 마흔이 넘었다면 잊지 말자. 매년 기적을 만나고 있다는 사실을.

마음의 에어백

　　병원으로 향하는 골목길이었다. 보행보조기를 끌고 가는 할머니가 차선이 하나밖에 없는 길을 가로막아 움직일 수가 없었다. 할머니는 나름대로 걸음을 재촉하는 것 같았는데, 마음 같지 않은가 보았다. 기다리는 수밖에 달리 도리가 없었다. 때마침 내 뒤에 하얀 승용차 한 대가 붙었고 나는 비상 깜빡이를 켰다.

　　몇 초 지났을까. 뒤 차에서 클랙슨이 울리기 시작했다. 한두 번 울리고 마는 것이 아니라 마치 시비라도 붙이는 듯 끊임없이 울렸다. 그 소음에 근처 식당에서 앞치마를 두른 아주머니가 나와 시끄럽다며 소리를 질렀고, 일순간 이목이 쏠린 건 내 차였다. 할머니는 여전히 길 중앙으로 걷는 중이었다. 뒤

차의 소음이 끝날 기미가 없어서 나는 결국 차에서 내렸다.

내가 다가가는 걸 본 차주가 운전석 창문을 열었다. 싸움이 나지 않을 만큼만 친절한 태도로 그에게 말했다.

"아저씨. 앞에 거동이 불편한 할머니가 있어요. 비상 깜빡이를 넣고 멈춰 있으면 이유가 있을 텐데, 주택가에서 계속 빵빵하시면 어떡해요."

멀뚱히 쳐다보던 아저씨는 아무 말없이 창문을 올렸다. 나는 알아들은 줄 알고 내 차로 돌아왔다.

아슬아슬 비켜선 할머니를 겨우 지나치고 달리는데, 뒤 차가 할머니 옆에서 보란 듯이 클랙슨을 울리더니 다른 골목길로 가버렸다. 그 못된 장면을 룸미러로 지켜보면서 문득 다행이라는 생각이 들었다. 할머니와 난폭 운전자 가운데 내가 있었던 것이, 그들의 사이에 껴 있었던 게 물론 난감했지만, 결국 다행이었다고.

모든 인간관계에서는 완충재가 필요한 것 같다. 부부 사이에는 자식이 그럴 테고, 직장에서는 마음 맞는 동료가 그럴 테고, 계약 관계에서는 돈이거나, 때로는 사랑과 의리 같은 감정도 완충 역할을 해줄 것이다. 중요한 건 완전한 타인 간에는 무엇이 그 역할을 할 것인가. 여유와 배려를 에어백처럼 품고 사는 수밖에 별수 없지 않을까. 남을 위해서가 아니라 내 마음의 평온을 위하여 차량 점검하듯이 마음의 에어백도 점검하면서 살면 좋을 것 같다.

혹시 그런 사람이 있다면

좋은 일이 있을 때 가장 먼저 연락하고 싶은 사람이 있고, 마음이 힘들 때 제일 먼저 떠오르는 목소리가 있다. 나의 경우에는 두 사람이 동일인이다. 축하도 위로도 그 목소리로 듣고 싶지만, 이제는 연락을 할 수 없다. 몸이 먼 걸까, 마음이 먼 걸까. 어디쯤 가고 계시나. 명절을 앞두고 이런 생각을 하게 된 이유가 있다.

두 가지 연락을 거의 동시에 받았었다. 문학상을 받았다는 기쁜 소식을 전하는 사람이 있었고, 없었던 병마와 싸우는 사람이 있었다. 완전히 다른 두 소식을 불과 몇 분 간격으로 접하면서 그걸 받아든 내 감정을 고속으로 뒤집어야 했다. 축하와 위로, 웃음과 눈물을 순식간에 넘나드는 내가 놀랍기도 했지만, 한편 가슴을 쓸어내렸다. 병마와 싸우는 사람에게 긴히 부탁할 용건을 갖고 있었기 때문이었다.

남의 마음이 항상 내 마음 같지 않듯이 각자에게 닥치는 상황도 매번 달라, 여기에 꽃 핀다 해서 거기에도 향기가 퍼질 거로 생각하면 종종 곤란에 빠진다. 울고 있는 사람에게 기쁜 소식 전하는 꼴이나, 반대로 모처럼 행복에 젖은 사람에게 울며 전화하는 꼴이나 매한가지다. 그런 불상사를 피하려면 상대가 어떤 상황인지 평소에 안부를 묻는 게 좋겠다.

소심한 성격 탓에 오는 전화나 소식만 넙죽 받아먹는 사람으로 살고 있지만, 똑똑 두드려 주는 게 고마워서 축하든 위로든 최선을 다하는 편이다. 혹시 나 말고는 연락할 사람이 없는 것이 아닐까, 하는 걱정도 진심이고 먼저 연락 못 하는 무심함도 미안해서다. 겨우 그렇게 마음의 빚을 던다.

어쩌면 세상에서 가장 소중한 사람이란, 당신의 마음이 어느 장단에서 놀고 있든 눈치 없이 연락해도 무방한 사람이겠다. 반대의 경우라면, 누군가에게 당신이 소중한 사람일 테고. 어느 쪽이든 아무 때나 연락해도 좋은 관계란, 서로 힘이 되고 있거나 사랑하고 있다는 뜻일 거다. 혹시 그런 사람이 있다면 잘 살아오셨다. 나도 누군가에게 꼭 필요한 연락처가 되고 싶다. 특히, 삶이 고단한 사람들에게, 외로움에 치를 떠는 사람들에게.

품을 들이면 품이 넓어진다

　한밤중에 편의점에 갔는데, 입구에 차 한 대가 애매한 자세로 주차되어 있었다. 나도 삐딱하게 주차할 수밖에 없어서 불편함을 느꼈다. 차에서 내려 그쪽으로 가보았더니, 어떤 남자가 보조석에서 잠들어 있었다. 운전자는 편의점에 들어간 모양이라 생각하고 편의점 안으로 들어갔지만, 손님은 없었다. 편의점 알바생이 여러 번 창문을 두드려도 깨어나지 않았다는 말을 들었다.

　편의점에서 나와서 보니 트렁크가 차선 밖으로 걸쳐 있어서 위험해 보이기도 했다.

　남자를 깨울까? 경찰에 신고할까?

　나는 차 주위를 기웃거리다가 창문을 들여다보았다. 머

칠 연이어 야근을 한 사람이 깊은 잠에 빠진 모습 같기도 하고, 술에 취한 사람이 쓰러져 잠든 모습 같기도 했다. 아니, 어쩌면 그는 완벽한 각성 상태일지도 몰랐다. 눈만 감고 있을 뿐 멀쩡한 것 같기도 했다. 피곤해서 잠든 상태라면 안쓰러웠고, 취한 상태라면 운전하지 않아 다행이었다. 멀쩡한 상태라면 어떤 고민에 휩싸였거나 귀가하지 못하는 까닭이 있을 것 같았다.

글 쓰는 사람으로 살면서 생긴 습관이랄까, 녹록지 못한 삶을 사는 사람이 갖는 마음이랄까. 시발점은 모르겠지만 언젠가부터 타인을 보며 많은 생각을 하게 되었다. 어떤 사람의 말이나 행동을 추적하기도 하고 때로는 여러모로 그 원인을 추리하기도 한다. 아마도 나는 사람들을 두루 이해하고 싶은 모양이다. 사람이 사람을 이해하거나 공감하기 위해서는 많은 품이 든다. 우리말 '품'은 '수고'를 뜻하기도 하고 '가슴'을 말하기도 한다. 타인을 이해하기 위한 품을 들일수록 내 품이 넓어질 거라는 믿음을 가지고 있다.

돌아서서 걷다가 문득 남자가 죽었을지도 모른다는 섬뜩한 생각이 들었다. 나는 다시 돌아가 보조석 창문에 코를 박고 그를 관찰했다. 잠시 후, 그의 다리가 글로브 박스 위로 올라갔고 화들짝 놀란 나는 달려가 내 차에 올랐다.

죽지는 않았구나. 그러면 되었다.

어떤 사연이 있는지는 모르겠지만, 쪽잠을 자고 일어나면 피곤이든 취기든 고민이든 다 풀리기를 바라며 시동을 켰다.

손해 보는 걸 택한 이유

얼마 전 택배 사고가 있었다. 배송이 완료되었다고 하는데, 나는 택배를 받지 못했다. 배송 기사와 여러 번 통화했지만, 배송을 제대로 했다는 대답만 받았다. 끝까지 사과는 없었다. 결국, 사고 처리로 진행하여 재배송받았다.

그때부터 인터넷 쇼핑을 할 때면 당시 택배사가 아닌 곳만 고르는 번거로움이 생겼다. 혹시 모를 해코지가 두려웠다. 2만 원을 지켜낸 대가였다.

두 번째 택배 사고가 생겼다. 이번엔 우리나라에서 가장 큰 택배사다. 심지어 음식이라 더 곤란하게 되었다. 택배 기사는 청년이었다. 그는 어김없이 '제대로' 배송하였다고 말했고 나는 다시 확인해달라고 부탁했다. 이틀이 지나서야 잃어버렸던 택배가 왔다. 오배송 되었던 것이다. 음식은 모두 상한 상태라 폐기처분을 해야 했다.

택배 청년은 즉각 사과했다. 택배 일을 시작한 지 3일 되었다고, 앞으로 더 조심하겠다고 했다. 물건을 팔았던 업체 측에서 전화가 왔다. 사고 처리를 하면 환불 받을 수 있는데, 환불은 택배 기사의 책임이라고 했다. 6만 원을 지켜야 할까, 손해를 보아야 할까. 나는 고민 끝에 손해를 보겠다고 말했다. 적은 돈이 아니라서 속상하지만, 여자 혼자 사는 처지에 두렵다고도 했다. 상담사는 그 마음 너무 이해한다며 오히려 자신이 미안하다고 말했다. 그녀가 미안할 일은 아니었다.

요즘 시대에 택배와 단절한 채로 살 수는 없다. 직장이 있는 것도 아니라서 오롯이 집으로 배송받아야 하는 상황인데, 택배 기사와 문제가 생겨서 좋을 게 없다. 이제 막 일을 시작한 청년에게 하루 벌이를 날리게 하고 싶지도 않았다. 그러나 가난한 작가에게도 하루 벌이 이상의 돈이었다. 그가 실수를 인정하고 사과하지 않았다면, 손해 배상을 받고 싶은 오기가 생겼을지도 모른다. 인정과 사과는 큰 힘을 가지고 있다는 것을 그가 느꼈다면 좋겠다.

이제 나는 손해본 돈을 만회해야 한다. 그만큼 아끼고 살아야 할 것이다. 아낄 수 있는 건 음식이 전부다. 폐기처분한 음식은 한 달 치 식량이었다. 그래도 손해 보는 쪽을 택한 나를 원망하지 않는다. 손해만 보았다고 생각하지도 않는다. 그의 진심어린 사과가 마음을 푼푼하게 해 주었고, 사람에 대한 기대나 신뢰 같은 것이 한 줌 커진 것으로 충분했다.

글로 받은 상처, 글로 회복하리라

스트레스를 받으면 두드러기가 올라온다는 것을 알았다. 언니가 죽고 난 후 시작된 이상 증세다. 한 번 올라온 두드러기는 좀처럼 낫지 않았고 삶의 질이 떨어졌다. 돈이 없다는 것 말고는 크게 스트레스 받을 일이 없을 거라고 생각했는데 착각이었다. 행복은 어디 있는지 모르겠는데, 불행은 도처에 숨어 있었다.

출간 작업을 끝내고 배본되던 날이었다. 오늘 배본되었고 인터넷 서점에 서지정보가 올라갔다는 말을 들었다. 그날 새벽 침대에 누워 서지 정보를 검색했다가 평점 하나를 발견했다. 이따금 책을 받기 전에 기대 평을 남기는 독자도 있기에 나는 별 생각 없이 그것을 클릭했다. 별 하나에 달린 리뷰는

충격이었다. 책을 거의 쓰레기로 만들어 놓았다. 마치 책을 다 읽은 듯 썼지만, 그럴 수 없었다. 배본이 시작된 날에는 그 누구도 책을 구매할 수 없으니까. 심지어 저자인 나에게조차 책이 도착하지 않았으니까.

그에 관해 출판사 대표님과 통화를 했다. 평소 느긋하고 평온한 성품의 대표님이 불같이 화를 냈다. 대표님이 가만 있으면 안 될 것 같다고 말씀하셨지만, 나는 가만 있겠다고 했다. 이 일을 공론화하면 평점에 목매는 속된 작가로 오해할 수 있다고 했다. 전화를 끊자마자 울음이 터졌다. 내가 망하기를, 내 밥벌이가 엉망이 되기를 바라는 누군가가 작정하고 벌인 일이었다. 그렇지 않으면 배본이 시작된 날, 책이 서점에 깔리기도 전에 쓸 수 없는 악평이었다.

다음날 일어나니 얼굴과 목에 두드러기가 보였다. 그다음 날 온몸에 두드러기가 퍼졌다. 피부과에서 한 달 동안 치료하고 한의원에 다녔다. 가려움보다 괴로운 건 마음이었다. 진심으로 좋은 사람이 되고 싶었고, 좋은 마음으로 사람들을 대했다. 작가가 된 후에는 더 그랬다. 따뜻한 글을 쓰고 싶었으니까. 그런데 다 부질없다는 생각이 들었다. 내가 책 팔아서 부자가 된 것도 아닌데, 왜 남의 밥벌이를 공격하는지 알 수 없었다.

우려했던 일이 결국 터졌다. 평점에 목매는 작가라는 낙인, 악평 하나에 안 팔릴 책이면 출판사가 문제라는 비난, 자고로 작가는 독자의 평가에 연연하지 말아야 한다는 충고. 그런 글들은 놀랍게도 작가들에게서 나왔다. 동료 혹은 선후배. 이 바닥이 그런 바닥이었다. 일이 터지면 그 잘난 글솜씨로 현란하게 물어뜯는, 자신에게는 절대 벌어지지 않을 거라는 평범한 착각으로 일단 쓰고 보는.

이래저래 자꾸 언어터졌다. 몸에는 두드러기가 마음에는 피가 줄줄 흘렀다. 내가 한 잘못이라면 책을 쓴 것밖에 없었다. 처음으로 쓰는 일에 회의를 느꼈다. 심각하게 절필을 고민했다. 사람이 무서워서 사람 없는 첩첩산골로 도망쳤던 때가 떠올랐다. 아무도 모르게 죽어버릴 작정이었던 그곳에서 다시 살아난 이유는 언니가 먼저 죽었기 때문이었다. 나는 언니 몫까지 살아야 하는 딸이 되었으니까. 살아야지, 살아야지.

여러 번 책에 쓴 것 같은데, 나는 폭력에 무딘 사람이다. 언어폭력은 거의 아무 느낌이 없을 정도로 신체 폭력도 많이 겪었다. 그래서 악플이나 악평에 딱히 신경 쓰지 않았다. 그 사건의 핵심은 배본된 날이었다는 점이다. 아직 개업도 하지 않은 음식점 앞에서 이 집 음식 맛없다고 소문내는 격이었다. 그런 나쁜 짓을 하고도 잠이 왔을까. 숨이 쉬어졌을까. 사람이 얼마나 나쁘고 얼마나 자존감이 낮으면 그럴 수 있을까.

사람이 사람을 이유 없이 미워도 할 수 있고, 살다 보면 여러 가지 잘못을 할 수도 있다. 그런데, 절대로 건드리면 안 되는 게 있다. 아마 제대로 된 어른이라면 다 알고 있을 두 가지. 가족과 밥벌이. 그 두 가지를 건드리는 순간 어떤 일이 벌어질지는 아무도 모른다. 어떤 일이 벌어져도 이상하지 않을 상황이다.

한 사람의 못된 짓 때문에 절필하지는 않겠지만, 사실은 이제 글 쓰는 게 무섭다. 출간하는 것도 무섭다. 서울에 사는 것도 무섭다. 사람이 다시, 무섭다.

한동안 그랬다가 조금씩 마음을 쓰다듬었다. 글로 받은 상처, 글로 회복하리라. 나쁜 마음이 좋은 마음을 이길 수 없다는 걸, 세상에는 좋은 마음을 가진 사람들이 더 많아서 반드시 우리가 이길 거라는 걸 보여주고 싶어서 다시 쓴다. 더 열심히 쓰고 더 자주 출간할 생각이다. 응원하는 사람이 훨씬 많을 거라고 믿는다. 그걸 믿어야 내가 살 수 있으니까.

좋은 사람 콤플렉스

어릴 적에는 차 조심하라는 말을 가장 많이 들었던 것 같은데, 어른이 되어서는 사람 조심하라는 말을 더 자주 들었다. 다행히 차 사고를 당한 적은 없다. 사람 사고는 적잖이 겪었다. 그런데도 여태 사람을 조심하는 게 어떤 의미인지 모르겠다. 좋은 사람과 나쁜 사람을 구분하는 방법도 몰라서 상처받은 뒤에야 깨닫고는 했다.

나는 좋은 사람 콤플렉스가 있었다. 좋은 사람이 뭔지 정의하라면 얼버무리겠지만, 정의할 수 없어도 좋은 사람으로 살고 싶었다. 타인에게 일부러 상처 주지 않는 사람, 먼저 배려하고 양보하는 사람이 좋은 사람의 범주에 들어가지 않을까 생각했다. 그래서 노력했다. 차라리 내가 상처받고 내가 우는 게 나았다. 좋은 사람으로 살고자 노력하려던 마음은 콤플렉스로 확장되었다.

함께 글 쓰는 동료에게 내 콤플렉스에 대해 조심스레 고백했더니 의외의 대답이 돌아왔다. 본인도 좋은 사람 콤플렉스가 있다는 말이었다. 우린 눈을 동그랗게 뜨고 서로를 쳐다보았다.

"그게 나쁜 건가요?"

그가 물었다.

"모두에게 필요한 마음인 거죠?"

내가 대답했고 우리는 동지를 만난 듯 반가웠다.

비슷한 콤플렉스를 가진 그와 나, 우리의 성품을 비교하며 생각해 보았다. 우린 당하고 밟히고 울고 밑져도 대체로 괜찮았다. 어떤 자리에서든 이왕이면 다정함으로 기억되고 싶은 사람들이었다. 그렇다고 호구를 자청하는 것은 아니다. 그저 본전 아쉬워하지 않고 되받을 마음 계산하지 않으며 사는 사람들일 뿐이다. 상대가 좋은 사람이라면 마구 퍼주는 사람들.

사람 사고는 끊이지 않았고, 그래서 내 마음은 언제나 매끈하지 못하지만 좋은 사람이기를 포기하지는 않을 것이다.

좋은 사람 콤플렉스가 생겼을 무렵부터 내 주위에는 비슷한 사람들이 모였다. 그런 성향을 이용하려는 빌런들을 가끔 만나지만, 그들을 인도할 생각은 없다. 관계는 맺거나 자르는 것이지 끌고 가는 게 아니라는 걸 알기 때문이다. 나쁜 사람 자르는 것도 잘하는 게 이 콤플렉스의 특징이다. 만만하지는 않다는 뜻. 그러니 콤플렉스치고는 매력적이지 아니한가?

단어를 찾아 헤매는 사람

　나에게 해야 할 말의 단어를 찾지 못해 이따금 헤맨다는 사람이 있었다. 자신이 날 화나게 한다면, 단어를 찾지 못한 거로 해석해 달라고 했다. 나는 아무런 대답도 하지 못했다. 그 말을 들은 나 역시 그때 해야 할 말을, 적당한 단어를 생각해내지 못했기 때문에.

　상대가 단어를 찾아 헤매게 만드는 사람은 예민하거나 복잡한 사람일 것이다. 발화를 조심하게 만드는 사람, 한마디로 불편한 사람. 반면에 상대에게 알맞은 단어를 찾아 헤매는 사람은 대단히 섬세하거나 배려심이 깊은 사람일 것이다. 발화를 조심하는 사람, 한마디로 피곤한 사람.

　나도 발화를 조심하는 사람에 속한다. 말을 많이 하는 편은 아니지만, 상대에 따라 단어를 고르는 일을 자주 한다. 그러다 보면 때를 놓쳐서 하지 못하고 지나가는 말들이 있다. 발화되지 못한 말들이 묵은 감정과 만나면 무서운 화마가 되기도 했다. 그래서 나는 당장 대화하는 것을 좋아한다. 때로는 분쟁이 일어나거나 상처받기도 하지만, 끝내 대화하는 것이 좋다.

이왕이면 글로 주고받는 대화를 선호한다. 그러나 그 또한 위험이 있다. 표정이나 억양이 없으므로 사람에 따라 받아들이는 뉘앙스에 차이가 있을 수 있기 때문이다. 그만큼 말보다 신경 써야 한다. 그래서 좋다. 하나의 문장을 말하기 위해 서툰 감정을 정리할 시간, 그 몇 초의 배려가 말보다 글에 훨씬 많이 담겨 있다는 걸 알기에.

엄마는 말했다. 내가 작가가 된 후 말을 예쁘게 한다고. 그 발언을 꼬아서 듣자면, 예전에는 내가 거칠었다는 뜻으로 받아들일 수 있다. 그러나 엄마의 의도는 '말을 예쁘게 한다'는 구절에 응축된 것임을 안다. 의도와 맥락을 파악하고 생략된 부정적 의미는 함구하는 것이 좋은 대화를 이끈다. 나는 비슷한 문장으로 답했다. 엄마는 할머니가 된 후로 순해졌다고. 엄마가 웃었다. 엄마는 나만큼 복잡한 사람이 아니므로, 순해졌다는 단어 하나에 꽂혔을 것이다. 그런 단순함이 좋은 대화를 이끌기도 한다.

나는 불편하고 피곤한 사람이다.

당신은 불편한 사람입니까, 피곤한 사람입니까?

모든 인연이 무해하기를

많은 책을 옮길 때 어떻게 하는가. 다다다다 쌓아서 노끈으로 묶으려고 십자 매듭을 지으려다가 한 번쯤 자신의 멍청함을 웃어넘겨 봤을 것이다. 위에서 아래로 내려왔으면 십자 매듭을 위해 누군가가 책을 들어줘야 하고 밑에서 위로 올라왔으면 매듭짓고 다시 내려가 묶어야 한다. 어느 쪽도 혼자서는 힘들다. 손발에 턱까지 다 사용해서 낑낑대다가 우르르 무너지는 책들. 그렇게 묶어서 옮기기는 어려운데 각기 다른 장르의 책들을 하나로 연결하기는 그렇게 힘든데 끊기는 쉽다. 싹둑. 가위로 1초. 쓱. 커터칼로 1초.

밥 먹고 사는 거, 평범하게 사는 거, 웃고 사는 거, 그거 다 힘들다. 때려치우고 싶지만 끊을 수가 없다. 끊는 것. 싹둑. 쓱.

쉬워 보인다. 그러나 사람 사는 일, 특히 관계에서는 간단하지 않다. 꽤 어렵고 신중해야 하는 일이다.

백 명의 새로운 사람과 관계를 맺는 것보다 한 명의 유해한 사람을 끊는 것이 옳다는 것을 나이 들어서야 알게 되었다. 유해한 사람은 되지 말아야지 생각한다. 유해하지는 말아야지. 굳이 내가 그런 사람이 되지 않아도 세상엔 너무 많으니까.

나는 매년 잘라야 할 사람을 고른다. 이기적인 욕망으로 가득한 사람, 만날 때마다 남 욕하는 게 습관인 사람, 다른 사람의 취향이나 상황을 고려하지 않는 사람, 바닥에서 사는 사람들을 비웃는 사람. 그들이 어떤 권력을 가지고 있든 상관없다. 잘라야 하는 사람들은 늘 생겼고 자르고 나면 마음이 가벼워졌다. 관계를 잘라내지 못했던 시절에는 그들에게 휩쓸리거나 마음이 늘 불편했다. 빈자리가 생겨야 새로운 인연이 들어온다는 것을 몰랐던 시절의 일이다.

어떤 방식으로든 새 인연은 들기 마련이었다. 그 인연 중에서도 잘라내야 할 사람이 있을 수 있지만, 그건 나중에 생각할 문제다. 인연을 받아들이는 자세는 늘 겸손해야 하지 않을까. 내가 먼저 무해한 사람으로 남을 때, 더 나아가 소중한 사람으로 남을 때는 인연의 방향이 좋게 흘러간 것 같다. 새롭게 깃드는 모든 인연이 무해하기를 바란다. 우리가 서로에게 잘리는 일이 없었으면 좋겠다.

Writer, 고통과 절망을 통해
실존을 확인하는 사람들

얼마 전에 한 남자가 물었다. 왜 그렇게 글에만 미쳐 사느냐고. 나는 대답했다. 그게 가장 안전하고 평온해서요, 라고. 문학 말고 다른 어디에 미쳐볼까도 생각해 봤다. 의욕도 용기도 전혀 일어나지 않았다. 어느 노래 가사처럼 돈도 명예도 사랑도 다 싫어진 지 오래되었다. 그것들을 좇을 때 나는 늘 불안했고 때론 위험했고 아무렇지 않게 자살을 꿈꿨다. 글에 미치고 나서 처음으로 살고 싶어졌다. 살고 싶다는 마음이 그렇게 벅찬 것인 줄 몰랐던 나는 그 마음을 붙들고 오랫동안 울었다. 그런 사람이 다른 무엇에 미칠 수 있을 것인가.

이 나이에 인생을 논하면 나보다 어른들은 가소롭겠지만, 나름 어릴 때부터 다양한 풍파를 거쳐온 사람이라 불안과 우울함에 관해서는 누구보다 잘 알고 있다. 절망과 슬픔, 고통과 죽음에 관해서도 철학이 확고한 편이다. 그것이 지극히 개인적인 영역임을 알고 있다. 그러나 어느 정도 보편적으로 주장할 만한 생각이 없지는 않다. 문학이 모든 걸 이겨내게 한다는 사실을 말할 때, 누군가가 부정하거나 비난하더라도 나는 죽는 순간까지 그렇게 말할 수 있다. 글을 쓰는 일은 영혼을 치유하고 사람을 살리는, 가진 것 없는 자가 의지할 수 있는 가장 훌륭한 방법이라고.

모국어는 모유와 같다. 그것을 듣고 말하고 읽고 쓰는 행위에서 인간은 평온을 느끼고 영혼에 살이 찐다. 작가는 타고나는 것도 아니고 특별한 직업도 아니다. 쓰는 사람과 쓰지 않는 사람이 있을 뿐이다. 계속 쓰는 사람과 쓰다가 포기하는 사람이 있을 뿐이다. 내가 존경하는 작가 중에도 문학을 통해 절망과 고통을 이겨낼 수 있었다는 분들이 제법 많다. 그걸 느껴본 사람들이 계속 쓰는 사람으로 남는 것이다. 계속 쓰다 보면 살 수 있다는 걸 경험했으니 계속 쓰는 것이다.

최근에 나는 살리고 싶은 사람이 있었다. 곧 죽을 것만 같았던 사람. 온몸이 까맣게 재가 되고 있던 사람. 그러나 그 사람에게 글을 쓰라고 말하지 못했다. 이제 막 시작된 고통 앞에서는 어떤 말도 들리지 않는다는 걸 알기 때문이었다. 자동차가 바다에 빠지면 완전히 침수될 때까지 기다려야 문을 열 수 있는 것처럼 고통에 모든 걸 잠식당한 이후에야 겨우 목소리가 들리기 시작한다. 살고자 하는 본능이거나 죽기 직전에 겨우 뱉는 날숨과 같이. 그때까지만 견뎌주면 누군가 손을 내밀 텐데, 거기까지 가는 일이 가장 힘겹다. 삶과 죽음의 경계, 마의 구간. 세상에 비슷한 상처는 있어도 똑같은 고통은 없기에 지금 어디까지 삶을 포기하는 중인지 알 수 없다. 그녀가 고통 속에 잠기는 위험한 상황을 지켜만 보고 있다. 눈을 떠 바닥을 보게 된다면 제일 먼저 해 줄 말이 있다. 작가가 꿈이었다고 고백하며 웃던 그녀의 언어들을 그대로 들려줄 것이다.

왜 그렇게 글에만 미쳐 사느냐고 물었던 남자가 다시 물었다. 그래서 행복하냐고. 나는 대답했다. 아직도 행복을 기웃대며 사느냐고. 남자는 그 말의 맥락을 파악하느라 한참 동안 입을 닫았다. 죽기 위해 죽음과 싸우다가 여러 번 실패한 경험들은 현실만 보게 했다. 오늘만 살게 했다. 지루하게 명줄을 채워갔다. 모든 이상理想은 괴로움과 함께 왔으니, 행복 따위 바라지 않았다. 그저 할 수 있는 게 쓰는 것밖에 없어서 매달렸고, 이렇게 미쳐가고 있을 뿐이다. 가장 안전하고 평온한 나로.

지금 당신의 귀에 들리든 안 들리든 나는 말해야겠다. 아픈 당신은 글을 써야 한다. 슬픔에 허우적대는 손가락으로 글을 써야 한다. 마지막 숨까지 참았다가 고통당한 몸으로 글을 써야 한다. 목숨을 부지하는 것과 살아가는 일은 다르다. 살아가려면 우리는 모두 쓰는 사람이 되어야 한다.

세상 어떤 인생이 아프지 않고 슬프지 않단 말인가. 울면서 쓰고 쓰면서 울다 보면 어느새 영혼에도 살이 찐다. 울지 않고 쓸 수 있을 때까지 계속 쓰다 보면 살찐 영혼에 근력까지 붙는다. 그 어느 즈음, 느닷없이 살고 싶어진다. 매 순간 자살 끝을 붙들고 살았던 과거의 자신 앞에서 무릎을 꿇어야 할 만큼 살고 싶어진다. 그러니 여전히 아픈 당신과 이제는 살고 싶은 나, 우리 함께 글을 쓰자.

사람들은 나를 두고 고통의 시인, 절망의 시인이라고 한다.
맞는 말이다. 고통과 절망은 내 에너지다.
내 속에 들끓는 아픔들이 불을 질러 날 일으켜 세웠고,
바닥을 친 절망이 가시와 향기의 꽃을 피게 했으니
고통과 절망은 내 시의 어머니다.
나는 고통과 절망을 통해 실존을 확인한다.
똑바로 바라보고 즐겁게 받아들여 가지고 놀며
그것들로 하여금 나를 기록하게 하고
새로운 무엇으로 탄생되는 나와 세계를 본다.

– 권애숙 산문집『고맙습니다 나의 수많은 당신』,「짐차의 노래」중